Yr Ysmygwr:
Rhyddiaith Fer a Barddoniaeth
Daniel Owen

Daniel Owen oedd awdur rhyddiaith bwysicaf y bedwaredd ganrif ar bymtheg. Er mai am nofelau y cofir ef yn bennaf, yn eu plith *Rhys Lewis, Gweinidog Bethel* a *Profedigaethau Enoc Huws*, ysgrifennodd hefyd nifer o weithiau byrrach ar ffurf straeon byrion ac ysgrifau; roedd hefyd yn fardd achlysurol.

Casglwyd rhai o'r gweithiau hyn mewn cyfrol yn 1886 yn *Y Siswrn*, a brofodd yn un o gyhoeddiadau mwyaf poblogaidd y bedwaredd ganrif ar bymtheg. Mae'r gyfrol hon yn cynnwys holl gynnwys *Y Siswrn*, gan gynnwys stori fer orau'r awdur, *Yr Ysmygwr*, ynghyd a nifer fawr o weithiau ychwanegol na chawsant eu cyhoeddi erioed o'r blaen ar ffurf cyfrol.

Daniel Owen

Yr Ysmygwr:
Rhyddiaith Fer a Barddoniaeth

Golygwyd gan Adam Pearce

Llyfrgell Gymraeg Melin Bapur

Daniel Owen (1836-1895)

Cynnwys

Rhagymadrodd: *Yr Ysmygwr, Y Siswrn* a Manion Daniel Owen

Daniel Owen yw nofelydd Cymraeg pwysicaf y bedwaredd ganrif ar bymtheg ac am ei nofelau, yn enwedig *Hunangofiant Rhys Lewis* a *Profedigaethau Enoc Huws* enillodd bri yn ystod ei oes, ac y cofir ef heddiw. Fodd bynnag, drwy gydol ei fywyd ysgrifennodd nifer fawr o ddarnau o ryddiaith fer; hyd heddiw dim ond rhai o'r rhain sydd erioed wedi arddangos ar ffurf cyfrol, yn *Offrymau Neilltuaeth* (1878), *Straeon y Pentan* (1895) ac yn y casgliad amrywiol *Y Siswrn* (1886) sy'n sylfaen i'r gyfrol hon. Roedd hefyd yn fardd achlysurol drwy gydol ei oes, gan ddefnyddio'r ffugenw "Glaslwyn" yn ystod rhan gyntaf ei fywyd. Rhai yn unig o'r cerddi yma ymddangosodd yn *Y Siswrn*, y gweddill mewn cyfnodolion a phapurau newyddion, rhai mor gynnar â 1856 pan oedd Owen yn ugain oed, degawdau cyn cyhoeddi ei nofel gyntaf.

Fy man dechrau wrth fynd ati i baratoi'r gyfrol hon o fân weithiau'r awdur oedd *Y Siswrn*, a gyhoeddwyd yn 1886. Casgliad oedd y gyfrol hon o farddoniaeth a darnau rhyddiaith byrion, rhai eisoes wedi ymddangos mewn cyfnodolion ond y mwyafrif ar gael i ddarllenwyr am y tro cyntaf; fe'i cyhoeddwyd yn gymharol gyflym er mwyn manteisio ar y galw am gyhoeddiadau newyddion gan yr awdur yn dilyn llwyddiant ysgubol *Rhys Lewis*. Mae holl gynnwys *Y Siswrn* wedi'i gynnwys yn y llyfr hwn; fodd bynnag, gan fod bron i hanner o gynnwys y llyfr yn ddeunydd na chynhwyswyd yn y casgliad cynharach, penderfynais y byddai'n briodol dewis teitl newydd er mwyn cydnabod nad argraffiad newydd o *Y Siswrn* yn unig sydd yma. *Yr Ysmygwr*, hwyrach, yw'r darn mwyaf diddorol yn y casgliad o hyd, defnyddiwyd teitl y stori honno felly fel teitl i'r llyfr.

Er yr oeddwn eisiau cynnig trosolwg o weithiau llai adnabyddus Daniel Owen, nid oeddwn eisiau bod yn hollol gynhwysfawr a chynnwys pob un gair o eiddo'r awdur: fy mwriad oedd dethol y deunyddiau hynny fyddai, yn fy marn i, o ddiddordeb llenyddol fwyaf, sef y deunyddiau creadigol, y portreadau, y llithiau rhethregol a'r farddoniaeth, gan adael allan y deunydd diwinyddol a newyddiadurol. Gan gofio fod llawer o'r darnau hyn yn anodd eu categoreiddio, cydnabyddaf yn llawn bod elfen oddrychol os nad mympwyol i rai o'r dewisiadau: rydw i wedi cynnwys er enghraifft ei atgofion am Glan Alun ond nid y deyrnged a luniodd i Roger Edwards ar ei farwolaeth yn 1886; fy rhesymeg yn yr achos hwn yw mai cyfres o anecdôtau storïol yw'r cyntaf, tra bod y llall yn ddeunydd mwy gwrthrychol. Mewn modd tebyg rwyf wedi gadael allan pregethau'r *Cymeriadau Biblaidd* ond cadw'r farddoniaeth grefyddol, megis *Offrymiad Isaac.* Fodd bynnag hyderaf y bydd yr holl ddeunydd sydd yma o ddiddordeb i ddarllenwyr, yn enwedig os ydynt yn meddwl eu bod eisoes yn gyfarwydd â holl waith yr awdur. Dylid nodi bod ystyriaethau pragmataidd ynglŷn â hyd y gyfrol, hygyrchedd y deunyddiau, a gofynion cyfreithiol cyhoeddi gweithiau na chawsant eu cyhoeddi o'r blaen yn ffactor hefyd.

Nid ydwyf wedi cynnwys unrhyw ddeunydd a ymddangosodd yn ddiweddarach mewn ffurf ddiwygiedig yn y nofelau neu yn *Straeon y Pentan,* gan fy mod yn bwriadu eu cyhoeddi ar wahân; mae hyn yn cynnwys *Ymladd Ceiliogod* (1892), ddaeth yn bennod gyntaf *Gwen Tomos* ychydig flynyddoedd yn ddiweddarach, a *Fy Ewyrth Hugh o'r Tŷ Coch* (1888) a ddaeth yn rhan o *Enoc Huws.* Ni chynhwyswyd *Cymeriadau Biblaidd* a ffurfiodd ran gyntaf llyfr cyntaf Owen, *Offrymau Neilltuaeth* (1878), oherwydd ei hyd a natur y darnau sy'n bregethau ag iddynt swyddogaeth bregethwrol a chrefyddol. Ni chynhwyswyd yr hunangofiant a luniodd Owen ar gais ei gyfaill Isaac Foulkes, ac a gyhoeddwyd yng nghofiant y gŵr hwnnw iddo yn 1903. Er ein bod wedi cynnwys dau gyfieithiad o gerddi Saesneg, oherwydd ei hyd ni chynhwyswyd *Deng Noswaith yn y Black Lion* (1859), cyfieithiad anorffenedig Owen o'r nofel Saesneg *Ten Nights in a Bar-room* gan T. Shay Arthur. O ran y farddoniaeth, rwyf wedi llwyddo i fod yn fwy cynhwysfawr, er na lwyddais i gael gafael ar gopi o farwnad Owen i'w fentor Roger Edwards (1886) o fewn pryd. Nid yw'n ymddangos i Owen gyhoeddi'r un gerdd ar ôl 1886 heblaw am *Ymson Bore Nadolig 1894*. Mae'n debyg serch hynny y bydd ambell ysgrif neu gerdd wedi'i fethu a hynny ar ddamwain yn hytrach na dim byd arall; nid wyf yn honni bod y gyfrol hon yn holl-gynhwysol.

Nid oes rhesymeg amlwg i drefn y deunydd fel yr ymddangosodd yn *Y Siswrn* ac ni theimlais felly bod angen cadw ati. Rwyf wedi gwneud ymgais yn y gyfrol hon i drefnu'r deunydd yn ôl dyddiad y cyhoeddiad cyntaf, gan roi'r rhyddiaith yn gyntaf ac wedyn y farddoniaeth. Wrth gwrs, nid yw dyddiad cyhoeddiad o reidrwydd yn agos at ddyddiad cyfansoddi ysgrif neu gerdd. Mae hyn yn wir yn enwedig ynghylch cynnwys *Y Siswrn*, na chafodd ar y cyfan ei lunio'n fwriadol ar gyfer y gyfrol honno; lle daethpwyd i ragor o wybodaeth ynghylch oedran darn rhoddwyd hynny yn y testun. Dim ond yn *Y Siswrn* ymddangosodd mwyafrif y cerddi sydd yn y gyfrol honno, er i rai fel *Atgof, Tiberias* ac *Hiraethgan* ymddangos ychydig flynyddoedd ynghynt. Ceir bwlch cymharol fawr o ran cerddi rhwng 1866 pan gyhoeddwyd *Glan Alun*, y gerdd olaf i Owen ei gyhoeddi dan ei ffugenw barddol "Glaslwyn", ac 1880 pan ymddangosodd *Tiberias;* mae'n bosib bod rhai eraill o ddeunyddiau'r *Siswrn* yn perthyn i'r cyfnod hwn. Wrth gwrs mae'n bosib iawn hefyd bod nifer o gerddi ac ysgrifau eraill heb eu cyhoeddi, a phwy a ŵyr hefyd faint sydd wedi'u colli am byth?

Y Rhyddiaith

Ysgrifau digrif i ddifyrru, neu ag iddynt ryw neges
ysmala, yw deunyddiau rhyddiaith cynharaf Daniel Owen;
perthyn *Darlun* (o John Davies, Nercwys), ac *Y Bethma*, y
cyntaf o'r rhain yn gymharol feiddgar am ei chyfnod gan ei
bod yn trin un o hoelion wyth Methodistiaeth y dydd mewn
dull dychanol, chwareus. Mae'n ymddangos mai ysgrif i'w
thraddodi ar lafar mewn cyfarfodydd llenyddol oedd *Y
Bethma*. Eisoes gwelwn dystiolaeth o ffraethineb yr awdur;
ond, fel mor aml yng ngwaith Owen mae neges fwy difrifol
dan yr arwyneb, ynghylch Seisnigo yn yr achos hwn.
Cymeriad tebyg sydd i'r ysgrifau diweddarach a
ymddangosodd yn *Y Siswrn* sef *Siarad a Siaradwyr, Rhai o
Fanteision Tlodi, Llythyr fy Nghefnder* ac *Yn y Capel;* roedd y
mwyafrif y rhain wedi ymddangos blynyddoedd ynghynt. Y
mwyaf diddorol o bell ffordd o'r deunyddiau hyn yw *Llythyr
fy Nghefnder* a Seisnigo yw asgwrn y gynnen yma unwaith eto
wrth i Owen drafod yr "Inglis Côs", sef yr arfer o sefydlu
capeli'r Methodistiaid Calfinaidd Saesneg eu hiaith. Er yr
oedd elfen genhadol, grefyddol amlwg i'r mudiad hwn sydd
yn sicr o'i hoes a'i gyd-destun, roedd hefyd yn symptom o'r
newid ieithyddol oedd yn mynd rhagddo yng Ngogledd-
ddwyrain Cymru yn ystod oes Owen. Mae'r portread o
rwystredigaeth ynghylch dirywiad ieithyddol a welir yn y
Llythyr yn cyffwrdd ar feysydd sy'n berthnasol o hyd i
Gymru yn yr unfed ganrif ar bymtheg.

Ymhlith yr ysgrifau hyn cawn stori gynharaf Daniel
Owen. Er bod ambell feirniad, megis Saunders Lewis, o'r
farn bod *Cymeriadau Methodistaidd* yn sefyll gyda gwaith gorau
Owen, y farn gyffredin yw mai fel arwydd cynnar o'r hyn
oedd i ddod yw prif werth y stori hon. Fel yn achos pob
casgliad cyffelyb, yr un mewn gwirionedd yw'r achos gyda
holl gynnwys *Y Siswrn*. Diddorol nodi, er enghraifft, iddo
ddychwelyd at y fframwaith o ddewis swyddogion eglwysig

sy'n sylfaen i *Cymeriadau Methodistaidd* ddwywaith eto yn ei nofelau, yn *Y Dreflan* ac yn ei gampwaith *Enoc Huws:* yn amlwg, gwelai'r senario fel un defnyddiol i draethi ei wers ar ragrith, priodoldeb arwynebol a gwir werth ysbrydol a moesol. Neges yw hon sy'n adleisio mewn gwahanol ffyrdd drwy holl weithiau'r awdur; diddorol felly yw ei chael hi mor amlwg yma o'r cychwyn cyntaf un. Gwelwn yma hefyd rai o gymeriadau diweddarach yr awdur ar ffurf sgetsys anghyflawn: gyda Peter Watcyn yn ddrafft ar gyfer Eos Prydain (*Enoc Huws*), ac elfennau o James Humphreys yn Thomas Bartley (*Rhys Lewis*) a Robert Wynn (*Gwen Tomos*).

Hwyrach mai *Atgofion am Glan Alun* fydd y darn cyntaf yn y llyfr hwn fydd yn 'newydd' i'r darllenwyr hynny sydd eisoes yn gyfarwydd â gwaith y nofelydd. Perthyn i'r un flwyddyn ag *Y Siswrn*, er bu farw'r testun, y bardd Glan Alun (Thomas Jones, 1811-1866) ugain mlynedd ynghynt (lluniodd Owen gerdd iddo'r flwyddyn honno sy'n ymddangos yn ail ran y llyfr hwn): nid llith coffa newyddiadurol sydd yma ond casgliad o anecdôtau personol difyr, ac mae'n debyg o ran cymeriad ac ansawdd i *Darlun* a rhai o'r portreadau yn *Straeon y* Pentan.

O holl gynnwys *Y Siswrn*, hwyrach mai *Yr Ysmygwr* yw'r ysgrif fydd o ddiddordeb llenyddol mwyaf i ddarllenwyr heddiw. Ystyriwyd y stori fer hon yn gampwaith bychan gan Saunders Lewis, ac er mai digon anghynnil yw hi mewn gwirionedd hwyrach yn wir mai dyma waith gorau'r awdur ar gynfas llai; yn wir, ei unig wir 'Stori Fer' yw hi yn ystyr fwyaf llenyddol y term, os ystyriwn *Straeon y Pentan* a'r atgofion eraill yn fwy o straeon llafar difyr. Mae'n debyg yr ysgrifennwyd hi rhwng *Rhys Lewis* ac *Enoc Huws* ac mae'n bosib mai fel pennod gyntaf nofel newydd y bwriadwyd hi yn wreiddiol: "Pennod agoriadol i hanes anysgrifenedig," chwedl yr is-bennawd; serch hynny nid wyf erioed wedi ystyried hynny'n rhy debygol. Nid oes rhyw lawer amdani'n awgrymu bod rhagor o stori i ddod, ac mae'n rhyfedd na roddodd yr awdur enw i'r un o gymeriadau'r stori os fu bwriad i lunio rhagor o stori o'u cwmpas. Daw ergyd foeswersol y stori drwy araith yr Ysmygwr ei hun ar y diwedd, sy'n dangos rhagrith y person ac annhegwch system y degwm, y dreth a godwyd ar bawb cyn datgysylltiad i gyllido'r Eglwys Wladol ac a fu'n asgwrn y gynnen. Fel y gwnaeth gyda'i greadigaeth enwocaf, Wil Bryan, mae Owen yn defnyddio cymeriad ffraeth, di-flewyn ar dafod—"*extreme man*" chwedl y traethydd—er mwyn datgelu gwirioneddau anghyfleus ei gymdeithas gorbarchus. Fel yn achos *Cymeriadau Methodistaidd* cawn ragflas o gymeriad diweddarach, gydag arddull doreithiog y traethydd di-enw yn rhan gyntaf y stori yn ymdebygu i Capten Trefor *Enoc Huws*, ac yn y ferch o Aberdâr, enghraifft brin yn ffuglen Owen o gymeriad o Dde Cymru, ac yn llenyddiaeth Gymraeg o dafodiaith y Wenhwyseg.

Rhwng 1892 ac 1894 cyhoeddwyd colofn ysbeidiol o eiddo Daniel Owen yn *Y Cymro* dan y pennawd *Nodion Ned Huws*. Mae natur y deunydd sy'n ymddangos yn y golofn hon yn amrywiol: newyddiaduraeth yw llawer ohono wrth gwrs, ond defnyddiodd y golofn hefyd i gynnig portreadau creadigol, ac fe gyfunwyd rhai ohonynt gyda deunydd newydd a *Straeon F'ewyrth Edward*, a ymddangosodd yn *Cymru'r Plant*, i ffurfio *Straeon y Pentan* yn 1895. Roedd rhai ysgrifau llenyddol eu naws hefyd na chawsant eu cynnwys yn *Straeon y Pentan*, ac fe'u cynhwysir yma: *Plant Cendyl Gomer, Edward Roberts, Y Proffeswr Llwyd, Yn y Capel, Wil Smith;* maent ar y cyfan yn debyg o ran natur a chymeriad y straeon a'r portreadau "canonaidd". Y gorau o bell ffordd o'r rhain yw *Potes Carreg;* stori fechan ddifyr sy'n atgoffa'r darllenydd o'r straeon digrif yn *Straeon y Pentan* fel *Edward Cwm Tydi* neu *Het Jac Jones*. Ni fydd yr un o'r deunyddiau anghyfarwydd yma'n ychwanegu na'n tynnu rhyw lawer at enw'r awdur; ond hwyrach y byddant o ddiddordeb i garedigion gwaith yr awdur.

Barddoniaeth

Dechreuodd Owen farddoni ymhell cyn iddo droi at y maes yr oedd i ddod yn enwog amdano. Cyhoeddwyd ei gerdd gyntaf, *Mynwent yr Wyddgrug*, yn 1856, pan oedd ond ugain mlynedd oed, degawdau cyn cyfansoddi *Cymeriadau Methodistaidd* heb sôn am ei nofelau; dan y ffugenw "Glaslwyn" ymddangosodd y gerdd honno, enw y parhaodd i gyhoeddi oddi tano ar gyfer pob un o'i gerddi am y ddegawd nesaf, hyd at ei deyrnged i'w gyfaill *Glan Alun* yn 1866. Anodd, hwyrach, yw gweld llawer o natur gweithiau diweddarach yr awdur yng ngherddi "Glaslwyn" gan mai deunydd digon rhamantaidd, prudd sydd yma: yn *Mynwent yr Wyddgrug* mae'r bardd ifanc yn rhodio'r lle'n gresynu dinodedd bedd yr arlunydd Richard Wilson. Triniaethau rhamantaidd, prudd o natur yw *Y Nos* ac *Y Môr*, yn dangos dylanwad ffigyrau barddonol poblogaidd y dydd fel Islwyn; tra bod *Y Troseddwr* yn disgrifio teimladau dyn yn aros ei ddienyddiad—testun na fyddai llawer yn ei gysylltu â'r nofelydd o'r Wyddgrug. Cyfieithiadau yw *Disgyniad y Niagra* ac *Y Bibl*, yr ail o'r rhain o gerdd gan Robert Pollok; bardd y byddai Owen yn dyfynnu ohono'n ddiweddarach yn *Y Dreflan*. Natur y bardd gwlad yn coffáu ei gydnabod sydd i *Marwolaeth fy Nghyfaill, Thomas Hughes* a *Glan Alun;* mae'r rhain yn debycaf i weithiau barddonol diweddarach Owen fel ymddangosodd yn *Y Siswrn*. *Y Seren Fore* fodd bynnag yw'r gorau o'r cerddi cynnar hyn ym marn cofiannydd Owen Robert Rhys; y mae'r gerdd hon yn rhagori ar ymdrechion cynharach y bardd yn y cywair rhamantaidd os dim ond oherwydd y defnydd o drosiad estynedig y Seren Fore Gristnogol.

Cryfder Pryddest Owen *Offrymiad Isaac*, y hiraf o'i gerddi i oroesi, yw ei bod yn ddarllenadwy ac yn rhugl, gan ddefnyddio ieithwedd gymharol glir a chyffredin, rhinwedd yn sicr mewn oes o farddoniaeth a nodweddwyd gymaint gan ieithwedd chwyddedig, gor-farddonol. Gwendid y bryddest serch hynny yw mai aralleiriad digon arwynebol a phlaen yw hi o'i thestun, nad yw'n cynnig unrhyw fath o welediad gwreiddiol o safbwynt storïol, barddonol na diwinyddol chwaith. Ymddangosodd yn 1871 dan wir enw'r bardd, fodd bynnag cred Robert Rhys yw bod y gerdd yn perthyn i gyfnod "Glaslwyn", er y gall fod wedi'i olygu cyn ei chyhoeddi.

Os gwir yw hynny yna mae bwlch sylweddol cyn ymddangosiad y cyntaf o'r cerddi a gynhwyswyd yn *Y Siswrn*. Mae newid cywair i'w weld yn y cerddi hyn, gyda'r rhamantiaeth yn llai amlwg (er nad yw wedi diflannu'n llwyr, fel y gwelir yn *Canig* sy'n fath o chwedl-gân werin) a phwyslais yn hytrach ar swyddogaethau cymdeithasol y bardd Cymraeg. Cofiannau i'r meirw yw rhai o'r cerddi, gan gynnwys yr englynion sef ei unig gerddi yn y mesurau caeth; fodd bynnag yn y mesur yma hefyd gwelwn ôl meddwl ffraeth dychanol Owen, yn y gyfres o englynion dan y teitl *Oriel*—Oriel capel, gallwn gymryd—sy'n cael hwyl ddiniwed am ben ystod o gymeriadau.

Ar ôl *Y Siswrn* ni chyhoeddodd Daniel Owen ond yr un gerdd eto mewn cyfnodolyn, sef *Ymson Bore Nadolig 1894*. Ei gerdd olaf oedd hon ac yn ddi-os ei gerdd orau; ynddi, yn ddigon priodol, mae'n crybwyll yr Wyddgrug, ond mewn cywair pruddach hyd yn oed nag yn *Mynwent yr Wyddgrug* bron i ddeugain mlynedd ynghynt, gyda "rhyw lais" yn galw arno, "Tor dy galon... / Dos i lawr y llwybr du" yn llinellau tywyllaf, mwyaf diobaith y llenor, yn sicr yn ei farddoniaeth. Fodd bynnag mae tro yn y cynffon y tro hwn, gyda'r adar—bu Owen yn hoff o adar erioed—yn dangos y golau iddo, a'r bardd yn dymuno mwyhau'r heulwen, hyd yn oed yn y gaeaf. Cyfnod o iselder oedd hwn i Owen (mae ei ôl i'w weld yn niwedd *Gwen Tomos*); wrth gyhoeddi'r gerdd hon ai datgan ei dymuniad i fyw, i lonni a gwellhau ydoedd?

"Bardd cyffredin... hyd y diwedd," oedd Daniel Owen chwedl ei gofiannydd Robert Rhys, ac yn sicr pe bai cerddi Owen ei unig waddol llenyddol ni fyddai'n adnabyddus o gwbl heddiw. Serch hynny maent yn cynnig mewnwelediad unigryw ar agweddau gwahanol o gymeriad a meddylfryd y nofelydd, gwelediad na chawn o reidrwydd yn ei nofelau.

Drwy gydol y gyfrol hon rwyf wedi diweddaru'r orgraff a'r sillafu, heblaw ble fyddai hynny'n amharu ar fydr neu odl gerdd, neu'n ddefnydd tafodieithol nodweddiadol.

A. P.   2024

Trefn Wreiddiol Deunydd *Y Siswrn*

> *Yr Ysmygwr*
> *Tiberias*
> *Siarad a Siaradwyr*
> *Beth sydd Orau*
> *Canig*
> *Rhai o Fanteision Tlodi*
> *Oriel*
> *Y Bethma*
> *Darlun*
> *Yn y Capel*
> *Cymeriadau Methodistaidd*
> *Y Parch. Richard Owen, y Diwygiwr*
> *Hiraethgan*
> *Llythyr fy Nghefnder*
> *Adgof*
> *Ioan Jones*
> *Englynion (Ioan Jones, Satan, Dewi Havesp,*
>   *John Evans Croesoswallt)*

Darlun

Cymerwyd y darlun hwn 'from life', fel y dywedir, ond y mae y gwrthrych erbyn hyn, wedi myned trosodd at y mwyafrif er ys tro; eto, gan mor adnabyddus oedd efe, a chan mor gywir ydyw y darlun ohono, nid amhriodol, efallai, ydyw ei osod i hongian ar faen Y SISWRN.
—CYHOEDDWR.

Mae Mr.—— wedi gweld gwell dyddiau. Byddai yn anhawdd, oddi wrth yr olwg arno, ddyfalu beth ydyw ei oed; ac y mae yntau yn bur i'r clwb henlancyddol—yn gomedd dweud ei hunan. Ond gallwn sicrhau, oddi ar awdurdod uchel, ei fod agos os nad wedi cyrraedd yr addewid. Y mae yn bwysig o gorffolaeth, fel y gallasai "Ffan," ei ferlen ymadawedig, dystio oddi ar hir brofiad. Mae ei wyneb yn grwn a llyfndew, heb lawer o flew i'w urddo na'i anurddo. Dynodir ei gymeriad i raddau helaeth gan y mân rychau yn nghonglau ei lygaid meinion, cellweirus.

Fel pregethwr, ni ellir ei restru ymhlith y dosbarth blaenaf, nac ymhlith un dosbarth arall; oblegid y mae yn ffurfio dosbarth ynddo ei hun. Nid ydyw yn debyg i neb. Nid ydyw yn ddawnus nac yn ymadroddus; mewn gwirionedd, y mae arno brinder geiriau; er hynny y mae yn boblogaidd yn ei ffordd ei hun, ac nid oes odid i neb yn fwy adnabyddus nag ef trwy Dde a Gogledd Cymru. Y mae ei ddull yn sefyll yn y pulpud yn neilltuol. Y mae yn taflu ei ben braidd yn ôl, ac fel pe byddai yn ei suddo ychydig i'w wddf. Bydd y llaw chwith bron yn wastad ym mhoced ei wasgod, a'r llaw arall yn cael ei thynnu yn awr ac yn y man trwy ei wallt. Darllena yn gyffredin gyfran o rai o lyfrau Solomon, gan wneud sylwadau buddiol a digrifol wrth fynd ymlaen. Y mae wedi ymgydnabyddu llawer â Solomon, ac wedi chwilio llawer i'w ysgrifeniadau; ac erbyn

hyn y mae wedi dwyn ffrwyth yr ym chwiliad hwnnw i ffurf y
gall yr oes a ddel ei fwynhau. Bydd y weddi o flaen y bregeth
yn hynod o fer, heb lawer o "hwyl" ynddi, fel y dywedir. Y
mae ei wrandawyr yn bryderus am gael clywed ei destun, gan
ddisgwyl cael yr adnod ryfeddaf a mwyaf digynnig o fewn y
Bibl; ac anfynych y byddant yn cael eu siomi yn hyn.
Nodweddir y bregeth gan ystorfa helaeth a manwl o
hanesyddiaeth ysgrythurol. Ni bydd llawer o efengyl ynddi;
ond buom yn synnu lawer gwaith sut yr oedd yn gallu rhoddi
cymaint gyda'r fath destunau. Nid ydyw yn fedrus ar drin
pwnc. Clywsom ef unwaith yn gwneud cais at hynny; ond yr
oeddem yn gorfod teimlo mai y pwnc oedd yn ei drin ef. Pe
gofynnid i ni roddi cyfrif am ei boblogrwydd, atebem ei fod
i'w briodoli i'w adnabyddiaeth helaeth o'r natur ddynol, ei
arabedd, a'i naturioldeb.

Mae yn cadw i fyny ei neilltuolrwydd yn y Cyfarfod
Misol. Os na fydd yn digwydd bod yn llywydd, byddai yn
orchwyl caled i chwi ei weld yn eistedd yn llonydd am
hanner awr. Y mae yn crwydro yn ôl ac ymlaen, i mewn ac
allan, a gallai dyn dieithr dybied nad ydyw yn cymryd sylw
o ddim sydd yn mynd ymlaen; ond dengys ei awgrymiadau
synhwyrol yn wastad ei fod *all there;* a bydd yr awgrym a
gynigia yn cael ei ddweud ganddo yn fynych fel pe byddai
wedi ei gael y tro diweddaf y bu allan.

Yn y tŷ, y mae yn gwmni difyr a llawen; ac y mae pawb
yn gallu agosáu ato a mynd yn hyf arno, ac yntau yn gallu
gwneud ei hunan yn hapus a chartrefol lle bynnag y byddo,
os caiff rywun i ymddiddan ag ef, a digon o siwgr yn ei de.

Y mae yn hynod o barchus yn ei Sir, a rhoddir gair da
iddo yn ei gartref; ac y mae yr olaf yn beth mawr iddo ef,
am ei fod yn cael ei roddi y tu ôl i'w gefn, gan mai anfynych
y gwelir ef gartref. Pan wêl Duw yn dda ei gymryd ato ei
hun, teimlir colled fawr ar ei ôl, a llawer o chwithdod.

(1870)

Y Bethma

Dro yn ôl cyfarfyddais â bonheddwr o Gymro, yr hwn sydd yn ysgolhaig gwych. Gwyddwn dda ei fod yn deall Lladin, Groeg, *French*, a *German*. Yn ystod yr ymddiddan a fu rhyngom, gofynnais iddo a wyddai efe am air yn un o'r ieithoedd â enwyd mor gynhwysfawr a chyfleus a'r gair Cymraeg "bethma." Gwyrodd y bonheddwr ei ben— caeodd ei lygaid—sugnodd ei gof i'w waelodion, ac yn y man dywedodd:

"Na, ni wn am air mewn unrhyw iaith yr wyf fi yn digwydd bod yn gydnabyddus â hi cyffelyb i'r gair a enwch."

Yr oedd ei atebiad yn gymwys fel y disgwyliais iddo fod; ac y mae ymholiadau ac ymchwiliadau dilynol wedi cadarnhau y dybiaeth oedd yn fy meddwl nad oes air cyffelyb iddo yn holl ieithoedd y byd! Yn sicr, "bethma" ydyw y gair rhyfeddaf y mae tafod dyn yn ei barablu! Gwna y tro yn enw ar bopeth bywydol ac anfywydol, ac y mae yn air y gellir ei ddefnyddio ar bob amgylchiad. Gwelais yn y newyddiaduron am gynllun i ddysgu *French* mewn chwe' mis, yr hwn â raid fod yn un hynod iawn. Ond yr wyf yn meddwl y gellir myned tu hwnt iddo. Gyda chynorthwy y gair "bethma," gellir dysgu siarad Cymraeg mewn chwech wythnos! Mae ystyr y gair yn eang, amrywiol a phwrpasol. Er enghraifft, pan fydd dyn yn sâl, dywedir ei fod yn bethma, a phan fydd yn iach, dywedir ei fod yn bethma. Os bydd un yn gybyddlyd, dywedir mai un digon bethma ydyw; ac os bydd un yn haelionus, dywedir mai un bethma dros ben ydyw. Os bydd dyn yn un cyfrwysgall, un bethma ryfeddol ydyw; ac os bydd un yn ynfyd a gwirion, onid ydyw yn un bethma? Os digwydd i un bregethu yn faith, clywir yn union, oni fu o yn bethma anwedd? Ac os digwydd iddo dorri y bregeth yn fêr, oni ddarfu iddo ddarfod yn bethma iawn? Gwelir fod y gair yn un hynod bwrpasol, ac y gellir ei ddefnyddio i ddisgrifio beth â fynnir. Mae yn air cyfleus iawn i ddau ddosbarth o bobl. Dyna un dosbarth ydyw y bobl hynny nad oes ganddynt ond ychydig o eiriau. Maent yn gallu siarad yn ddi-dor, ond erbyn i chwi sylwi, rhyw chwech o eiriau yn unig a ddefnyddir ganddynt, a'r gair bethma fel gwas lifrai yn dal pen ceffyl—yn marchogaeth tu ôl—ac yn agor ac yn cau drwg cerbyd pob brawddeg! Dyna y dosbarth arall ag y mae y gair yn hwylus iawn iddynt, sef y rhai y mae eu cof yn hwyrdrwm. Mae ganddynt gyflawnder o eiriau, ond fod y rhai hynny yn anufudd pan elwir arnynt; a rhag bod bwlch yn y frawddeg, y mae y bethma yn garedig iawn yn llenwi yr adwy, ac erbyn i bethma wneud ei waith, y mae y gair a ddymunid wedi cyrraedd, ac yn cymryd ei le priodol.

Prif ogoniant y gair bethma ydyw hyn—tra y mae yn gosod allan unrhyw beth a phopeth, fod yna gyd-ddealltwriaeth distaw ym mhawb am ba beth y mae yn sefyll, a phwy y mae yn ei wasanaethu. Ond er mor ragorol ydyw y gair, ac er mor wasanaethgar ydyw, y mae y mynych arferiad ohono ar adegau yn swnio rhyfedd ar y glust. Y dydd o'r blaen, yr oeddwn yn cyfarfod â chymdoges i mi yn dyfod o'r dref. Gwyddwn fod ei gwr yn wael ei iechyd ers peth amser, a gofynnais iddi,

"Sut y mae Mr. Jones heddiw?"

"Wel yn wir," ebe hi, "digon bethma ydi o. Wedi bod yn siop y doctor yr ydw i rwan yn nôl bethma iddo fo—os gwnaiff o rw' bethma iddo fo. Yn wir, y mae gen i ofn fod o wedi aros yn rhy bethma, fel yr oedd y bethma yn deud heddiw bore."

Yr oeddwn yn deall ei meddwl yn berffaith. Yr hyn a'm trawodd yn rhyfedd oedd, os oedd Mr. Jones eisoes yn ddigon bethma, paham yr oedd yn rhaid cyrchu rhagor o bethma iddo. Ni allwn beidio meddwl wedi hyn, pe buasai

Mr. Jones wedi bod yn fwy cymedrol, a chymryd llai o'r bethma, na fuasai mor bethma ag ydoedd. Gall yr ymddengys yn *paradoxical;* ond ffaith ydyw fod bethma yn air ag y mae pawb yn deall am ba beth y mae yn sefyll, ac ar yr un pryd nid oes air cyffelyb iddo i guddio y meddwl. Un tro yr oeddwn yn mynd gyda'r trên. Wedi cymryd fy eisteddle, daeth i'r un *compartment* â mi ŵr ieuanc newydd briodi. Daethai ei wraig i'w ddanfon i'r *station*. Pan oedd y trên ar gychwyn ymaith, a'r gŵr ieuanc â'i ben trwy y ffenestr, ac yn dal ei het yn ei law, ac yn cymryd yr olwg olaf arni—hynny ydyw, ar ei wraig, nid ar ei het—gwelwn ei anwylyd yn rhedeg ato, ac yn dweud wrtho:

"John, cofiwch am y bethma."

"Mi wnaf yn siŵr," ebe John. Nid oedd neb yn gwybod—ac nid oedd eisiau i neb wybod beth oedd y bethma—ond yr oedd John yn deall yn burion.

Hawdd iawn a fuasai lluosogi enghreifftiau o ddefnyddioldeb y gair pe buasai gofod yn caniatáu. Oni allai un ysgrifennu cyfres ddiderfyn o erthyglau o dan y pennawd Pethau Bethma? Gyda'r fath deitl, gallai draethu am byth ar bob peth o dan yr haul, ac uwch law yr haul, heb osod ei hun yn agored i gael ei gyhuddo o grwydro oddi wrth y pwnc! Un peth sydd yn fy nharo i fel peth bethma iawn y dyddiau hyn ydyw y difaterwch dybryd a welir mewn llawer o ieuenctid ein cynulleidfaoedd am bob gwybodaeth fuddiol ac adeiladol. Mae yr ystyriaeth yn un bwysig fod cenedl—neu o leiaf ddosbarth o bobl ieuainc—yn codi sydd yn hynod gydnabyddus â phob *comic song*, a phob *slang*, a phopeth sydd yn *awfully jolly*, beth bynnag a olygir wrth air mor wirion, ac na fedrant adrodd pennill o *hymn* nac adnod yn gywir. Ac y mae y dull rhodresgar yr ymddygir tuag at bob peth Cymreig yn ymddangos i mi yn fwy bethma fyth. Os gafaelir mewn llyfr Cymraeg, caeir ef y funud honno—Cymraeg ydyw, bid siŵr! Os bydd dyn yn adrodd synnwyr yn Gymraeg, *dry stick* ydyw yn union, a'r ganmoliaeth uchaf a roddir iddo ydyw, *pity* na fuasai yn siarad yn Saesneg. Defnyddir ymadroddion fel hyn gan rai y gwyddis mai tatws llaeth oeddynt y geiriau cyntaf a ddysgasant. Anaml y blinir neb yn y dyddiau hyn gan ddim Cymreig. Anfynych y mae neb yn cael y ddannodd. O na, y *tic*, neu y *neuralgia*, sydd ar bawb. Ni flinir neb gan ddolur gwddf—*sore throat* ydyw y poenwr yn awr, oddigerth y bydd dyn mewn sefyllfa led uchel, yna y mae yn *bronchitis*. A glywodd rhywun yn ddiweddar am rywun yn cwyno gan waew yn ei gefn? Chlywais i ddim am neb, ond clywais lawer yn cwyno eu bod yn dioddef gan y *lumbago*. Mae yn bryd i ni ofyn i ba le yr ydym yn mynd. Os awn ymlaen fel hyn yn hir, byddwn fel y *Tichborne* hwnnw—ni bydd ein cymdogion yn adnabod ein lleferydd, a byddwn o dan orfod i ddangos ein bodiau i'r diben o brofi mai ni ydym ni! Os nad ydyw peth fel hyn yn bethma, wn i ddim beth sydd yn bethma.

(1871)

Cymeriadau Methodistaidd

I. Mr. Jones y Siop
a George Rhodric

Mae yn debyg fod rhyw wir yn y dywediad fod pawb yn fawr yn ei ffordd ei hun. Eglur yw nad yr hyn ydyw dyn ynddo ef ei hun sydd yn ei wneud yn fawr, ond yr hyn ydyw o'i gymharu â phobl eraill yn yr un ardal ag ef. Mae a fynno lle gryn lawer â'r hyn sydd yn cyfansoddi mawredd mewn dyn. Ni fyddai yr hwn a ystyrir yn fawr mewn un gymdogaeth ond bychan a disylw mewn cymdogaeth arall. Ar yr un pryd, ni fyddai yn gyfiawn ynom geisio di-feddiannu dyn o'i fawredd ar y dybiaeth na fyddai yn fawr pe symudai i ardal arall. Annheg i'r eithaf a fyddai ceisio tynnu un iod nac un tipyn oddi wrth fawredd John Jones, neu fel yr adwaenir ef gan ei gymdogion, Mr. Jones y Siop. Os na chafodd fanteision addysg ym more ei oes, nid ei fai ef oedd hynny. Pe cawsai hwynt, dilys y buasai wedi gwneud defnydd da ohonynt. Gan fod yr ardal lle y trigianna yn un boblogaidd, a llawer o weithfeydd ynddi, darfu iddo mewn amser cymharol fyr, trwy ddiwydrwydd, gyrraedd sefyllfa ag yr edrychid arno gan ei gymdogion fel "dyn pur dda arno." Dechreuodd gadw siop mewn tŷ lled fychan; ac am rai wythnosau meddyliodd mai ei chadw hi a fyddai raid iddo, ac na ddeuai y siop byth i'w gadw ef. Ond drwy brynu yn y farchnad ore, a gwerthu am brisiau rhesymol, daeth yn fuan yn fasnachwr llwyddiannus. Wedi cyrraedd sefyllfa gysurus, fel pob dyn call, cymerodd ato gymar bywyd. Merch ydoedd hi i amaethwr cefnog yn y gymdogaeth, yr hon, heblaw ei bod wedi cael addysg dda, oedd feinwen landeg a hardd. Os oedd llawer o fân fasnachwyr yn cenfigennu wrth Mr. Jones am ei lwyddiant blaenorol, yr oedd mwy o ddynion ieuainc yr ardal yn cenfigennu wrtho am ei lwyddiant diweddar hwn; oblegid edrychid ar Miss Richards—canys dyna oedd ei henw morwynol—fel y ferch ieuanc fwyaf priodadwy yn y lle; ac nid oedd gan ei gelynion pennaf ddim mwy o ddrwg i'w ddweud amdani na'i bod "braidd yn uchel ei ffordd," ac hwyrach fod rhyw gymaint o sail i'r cyhuddiad hwn.

Y cyntaf yn yr ardal i deimlo effeithiau priodas Mr. Jones ydoedd George Rhodric, y teiliwr; canys hyd yn hyn buasai Mr. Jones yn gwsmer rhagorol iddo; ac yr oedd y siopwr yn dyfod i fyny ymhob ystyr â drychfeddwl y dilledydd am gwsmer da, sef yn un oedd yn gwisgo llawer o ddillad, un hawdd ei ffitio, un hawdd ei foddio, ac un yn talu arian parod yn ddirwgnach. Pan ddaeth y si allan gyntaf am y briodas, nid oedd neb yn fwy selog yn seinio clodydd doethineb dewisiad Mr. Jones na George Rhodric; ac yn ddistaw bach rhyngddo ag ef ei hun, disgwyliai ysglyfaeth nid bychan ynglŷn â'r amgylchiad; ac er iddo, pan agosaodd yr amser, gael ei siomi yn y peth diweddaf, nid allai lai na chanmol cynildeb Mr. Jones, pan atgofiodd mai yn ddiweddar iawn y gwnaethai efe *suit* newydd iddo, ac fod honno yn un eithaf pwrpasol i'r amgylchiad hapus, er, ar yr un pryd, yr oedd yn gorfod cyfaddef wrth ei brentis na fuasai neb yn beio Mr. Jones am gael suit newydd gogyfer â'i briodas. Ond pa faint oedd ei brofedigaeth, pan ddeallodd, mewn ymddiddan â gwas i Mr. Jones y noson cyn y briodas, fod ei feistr wedi cael dillad newydd o'r dref fawr nesaf? Yr oedd naill ai yn rhy synhwyrol, neu ynte yr oedd y brofedigaeth yn ormod iddo allu dweud llawer; ond aeth adref â'i ben yn ei blu. Yr oedd ganddo faner o ganfas wedi ei pharatoi, a'r geiriau "LLWYDDIANT I'R PÂR IEUANG" wedi eu gwneud o wlanen goch a'u gwnïo yn gywrain arni, yr hon a fwriadasai gwhwfanu o ffenestr y llofft ddydd y briodas; ond ar ôl yr ymddiddan y cyfeiriwyd ato, lapiodd hi i fyny mewn papur llwyd hyd ryw amgylchiad dyfodol. Yr oedd yn dda ganddo, erbyn hyn, nad oedd wedi rhoi enwau y pâr ieuanc ar y faner, fel y bwriadasai ar y cyntaf. Sylwyd, ddydd y briodas, gan y cymdogion, na ddaeth George Rhodric na'i brentis allan o'r tŷ; a'r rheswm a roddid am hynny oedd eu bod yn rhy brysur. Yr oedd hyn yn brofedigaeth fawr i'r prentis, gan y rhoddid te a bara brith i blant yr Ysgol Sul gan gyfeillion Mr. a Mrs. Jones; ond gwnaed i fyny iddo am hynny, i raddau, trwy i'w feistr roddi iddo dair ceiniog am aros i mewn, ac addewid am *holiday* y dydd Llun canlynol. Er na ddaeth George Rhodric allan o'r tŷ ddydd y briodas, tystiai y prentis ddarfod iddo, pan oedd y priodfab a'i wraig yn pasio ei dŷ, edrych yn ddirgelaidd trwy y ffenestr; ond yr unig eiriau y clywodd y prentis ef yn ddweud oeddynt, "Wel, fuasai raid iddo ddim myned i Gaer— i gael y rhai yna."

Yr oedd gan Rhodric ychydig edmygwyr, y rhai a fynychent ei weithdy, i wrandaw ar ei ddoethineb, ac i gael "pibellaid." Ni allai y rhai hyn lai na nodio eu pennau, i ddangos eu cymeradwyaeth, pan y byddai y dilledydd yn siarad yn awgrymiadol ac mewn hanner brawddegau.

"Sôn yr oeddych," meddai "am briodas Mr. Jones. Wel, dyma ydi fy meddwl i—y dylai dyn fod yn ddyn, ac nid cael ei lywodraethu gan ei wraig. Mae arian yn burion yn eu lle; ond nid arian ydi popeth. Does gen i ddim i'w ddweud am Mr. Jones; ac am Mrs. Jones—wel, nid fy lle i ydi dweud dim."

Nid yn yr awgrymiadau hyn a'r cyffelyb, yn unig, y canfyddid y cyfnewidiad yn syniadau George, mewn perthynas i'w barchedigaeth i Mr. Jones, ond gwnâi ei ymddangosiad ar achlysuron cyhoeddus. Yn flaenorol, pan y gelwid ar Mr. Jones i "ddweud gair" ar unrhyw fater, byddai Rhodric fel pe buasai yn llyncu pob gair a ddeuai o'i enau, ac yn porthi y gwasanaeth yn y fath fodd fel ag y buasai dyn llai synhwyrol na Mr. Jones yn ymfalchïo, ac yn mynd i feddwl llawer o'i ddawn; ond ar ôl yr amgylchiadau y cyfeiriwyd atynt, byddai George Rhodric naill ai yn ymddangos mewn myfyrdod dwfn neu ynte yn troi dalennau y llyfr emynau.

Buasai yn beth i ryfeddu ato pe na fuasai cysylltiad newydd Mr. Jones â theulu oedd yn dda arnynt, ac yntau ei hun eisoes mewn amgylchiadau cysurus, heb effeithio rhyw gymaint ar fanteision ac ymddangosiad ei fasnachdy. Nid hir y bu, pa fodd bynnag, heb wneud y tŷ yn llawer helaethach, a'r siop yn llawer mwy cyfleus a golygus. Ond yr hyn a synnodd rai o'r cymdogion fwyaf oedd y cyfnewidiad yn y *sign* uwch ben y faelfa. Yr hyn a arferai fod ar yr hen *sign* oedd, "*J. Jones, Grocer. Licensed to sell Tobacco.*" Ond ar y *sign* newydd, yr hon oedd gymaint ddwy waith â'r un flaenorol, yr oedd, "*J. R. Jones, Provision Merchant.*" Cafodd rhai o'r ardalwyr diniwed eu twyllo yn hollol pan welsant y *sign* newydd. Tybiasant ar unwaith fod Mr. Jones yn bwriadu gadael y gymdogaeth, a myned i fyw ar ei arian, a'i fod yn paratoi y siop i ryw berthynas agos iddo, ac y byddai'r fasnach yn rhywbeth hollol wahanol i'r hyn oedd wedi arfer a bod, hyd nes yr aeth rhai ohonynt at George Rhodric.

"Wel, yr ydych yn rhai diniwed, bobl bach," ebe fe; "oni wyddoch beth ydyw y llythyren gyntaf yn enw teulu Mrs. Jones? Ac oni wyddoch fod yr enw J. Jones yn enw *common* iawn—annheilwng o ddyn cyfoethog? Does dim eisiau i neb ddeud wrtha i pwy sydd wedi bod wrth y gwaith yna. Mae Mr. Jones yn ddyn da; ond y mae llawer dyn da cyn hyn wedi cael ei andwyo gan ei wraig. Mi feder balchder wneud ei ffordd i le gwledig fel hyn, yr un i Lunden. Dyna 'meddwl i."

Afreidiol yw dweud fod sylwadau ac awgrymiadau George Rhodric wedi taflu y fath oleuni ar y cyfnewidiadau y cyfeiriwyd atynt nes llwyr foddloni meddyliau ei edmygwyr ar sefyllfa pethau, ac fod ei dreiddgarwch a'i ddoethineb yn fwy yn eu golwg nag erioed; ac ni ddarfu un ohonynt ddychmygu am foment fod un gair a ddywedodd yn tarddu oddi ar genfigen.

Teg ydyw hysbysu y darllenydd mai nid trwy lygaid George Rhodric yr edrychai mwyafrif cymdogion Mr. Jones, ac yn enwedig pobl y capel, ar y cyfnewidiadau a gymerasent le yn ei amgylchiadau. Gan fod yr eglwys y perthynai Mr. Jones iddi yn cael ei gwneud i fyny gan fwyaf o bobl lled dlodion, yr oedd efe, ers amser bellach, yn gefn mawr iddi mewn ystyr ariannol; ac yr oedd y parch a delid iddo yn gyffredinol gan yr eglwys yn tarddu, nid yn gymaint oddi ar yr ystyriaeth ei fod yn uwch mewn ystyr fydol na'r cyffredin ohonynt hwy, ond oddi ar anwyldeb dwfn â gynhyrchwyd gan ei garedigrwydd, ei haelioni crefyddol, a'i gymeriad gloyw. Credu yr ydym y buasai William Thomas, y pen blaenor, yn torri ei galon pe digwyddasai i amgylchiadau gymryd Mr. Jones o'r gymdogaeth, gan fel yr oedd yn ei garu fel y cyfaill gorau y cyfarfu ag ef ar y ddaear. Gan i ni sôn am William Thomas, mae efe yn teilyngu i ni ei ddwyn i bennod arall.

II. Mr. Jones y Siop
a William Thomas

Tua'r adeg yr ydym yn ysgrifennu yn ei chylch, nid oedd ar yr eglwys y perthynai Mr Jones iddi ond dau flaenor yn unig, ac edrychid ar William Thomas fel y pen blaenor. Enillodd y swydd, a'r uchafiaeth yn y swydd, yn gwbl yn rhinwedd purdeb ei gymeriad ac ysbrydolrwydd ei grefydd. Gweithiwr mewn ffermdy a fuasai ei dad o'i flaen, a gweithiwr yn yr un man ydoedd yntau. Nid enillasai erioed fwy na deunaw swllt yn yr wythnos. Magasai lond tŷ o blant, ac o angenrheidrwydd ni chododd yn ei fywyd uwchlaw prinder. Ond er hyn, yr oedd efe, yn ddiau, y cyfoethocaf tuag at Dduw yn yr holl gymdogaeth; ac ni theimlodd bangfa angen erioed ond fel yr oedd yn anfantais ynglŷn â chrefydd. Yn y wedd hon, teimlodd i'r byw, a llawer tro y llifodd y dagrau dros ei ruddiau am na fedrai roddi llety i bregethwr, na chyfrannu fel y dymunai at ryw achos y byddai ei galon yn llosgi am ei lwyddiant. Er cymaint oedd y gwahaniaeth yn eu sefyllfa fydol, llawer tro y teimlasai Mr. Jones yn y cyfarfodydd eglwysig y buasai yn barod i roddi ei siop a'i holl eiddo am grefydd ac ysbrydolrwydd William Thomas.

Rhwng fod Mr. Jones wedi bod mor gaeth i'w fasnach, a William Thomas yn byw bellter o ddwy filltir mewn diffeithwch yn y wlad, ni fuasai y blaenaf erioed yn nhŷ y diweddaf, er iddo addo iddo ei hun y pleser hwnnw ugeiniau o weithiau. Ond un prynhawn ym mis Mehefin, cyfeiriodd Mr. Jones ei gamau tuag yno; ac wedi dyfod o hyd i babell yr hen bererin, safodd am ennyd mewn syndod yn edrych arno. Er ei fod yn weddol gydnabyddus ag amgylchiadau W. Thomas, ni feddyliodd erioed ei fod yn preswylio mewn annedd mor ddiaddurn; ac ni allai lai, yn yr olwg arno, na gofyn iddo ei hun, wrth atgofio y gwleddoedd a fwynhasai yn nghymdeithas ei breswylydd, ai onid oedd iselder sefyllfa a chyfyngder amgylchiadau yn fanteisiol i atgynhyrchu ysbryd yr Hwn nad oedd ganddo le i roddi ei ben i lawr. "Tŷ â siambr," fel y dywedir, oedd yr annedd, a tho gwellt arno. Yr oedd gwal isel o'i flaen, a llidiart bychan gyferbyn â drws y tŷ. Yr oedd yn hawdd gweld oddi wrth y llestri a'r celfi oeddynt ar hyd y wal eu bod yno am nad oedd ystafell briodol i dderbyn y cyfryw oddi mewn. Ar y naill ochr i'r tŷ, yr oedd gardd fechan a thaclus; ar yr ochr arall yr oedd popty, o wneuthuriad diamheuol y preswylydd, neu ynte un o'i hynafiaid. Ar ben simdde yr adeilad, yr oedd padell bridd heb yr un gwaelod iddi, ac wedi ei throi â'i wyneb yn isaf. Ychydig y naill du yr oedd adeilad bychan arall, lle y porthid un o hiliogaeth creaduriaid rhochlyd gwlad y Gadareniaid.[*] Yr oedd yr adeilad hwn yn ddiweddarach o ran arddull na'r tŷ annedd, gan fod iddo lofft â mynediad i mewn iddi o'r tu allan, lle y cysgai rhyw arall o greaduriaid, ac o ba le hefyd y clywid, yn oriau cyntaf y bore—gan nad pa mor dderbyniol a fyddai hynny i'r chwyrnwr a gysgai yn y gwellt oddi tano—lais uchel a chlir y rhybuddiwr a weithredodd mor effeithiol ar Simon Pedr gynt. Tra yr oedd Mr. Jones yn edrych o'i gwmpas, daeth bachgen bychan bywiog ar ei redeg i ddrws y tŷ; ond cyn gynted ag y gwelodd efe y gŵr dieithr, rhedodd yn ei ôl, gan waeddi ar ei fam fod "dyn yr adnod" wrth y llidiart. Gelwid Mr. Jones yn "ddyn yr adnod" gan blant William Thomas am mai efe yn gyffredin a fyddai yn gwrando y plant yn dweud eu hadnodau yn y cyfarfodydd eglwysig.

Daeth y fam, yr hon oedd gryn lawer yn ieuengach na'r gŵr, i gyfarfod Mr. Jones; a gwahoddodd ef i ddyfod i mewn, "os gallai," gan gyfeirio yn ddiamau at fychander y drws. Yr oedd William Thomas erbyn hyn wedi sylweddoli ei ddyfodiad, ac wedi tynnu ei sbectol, a'i wyneb yn disgleirio gan lawenydd. Canfyddodd Mr. Jones nad oedd gwedd dufewnol y tŷ yn rhagori llawer ar yr allanol. Yr oedd hynny o ddodrefn oedd yno yn hynafol, ac yn ymddangos eu bod wedi gwasanaethu llawer cenhedlaeth. Ar un ochr i'r tân yr oedd hen *settle* dderw, lle y gallai tri neu bedwar eistedd; yr ochr arall yr oedd cadair ddwy fraich, i'r hon yr arweiniwyd Mr. Jones. Yr oedd y cyfleusterau eraill i eistedd yn gynwysedig mewn ystolion, y rhai oeddynt yn amrywio

---

[*] Yn y wlad hon anfonodd yr Iesu ysbrydion drwg i foch a ruthrodd wedyn dros glogwyn i'r môr; at foch felly mae'n cyfeirio yma. Rhybuddiwr Simon Pedr yw'r ceiliog, wrth gwrs.

mewn maint a llun; a rhwng y rhai hynny a'r plant yr oedd cryn gyfatebiaeth. Nid oedd yr hyn a alwent yn fwrdd, mewn gwirionedd, ond ystôl megis wedi gordyfu; a gallai yr anghyfarwydd dybied mai hi ydoedd mam yr holl ystolion eraill. Yr oedd muriau yr annedd yn llwydion, ac yn hollol ddiaddurn, oddigerth gan un neu ddau o ddarluniau a gymerasid o "gyhoeddiad y corff," ac a ddodasid mewn hen fframiau, un o ba rai oedd darlun o'r diweddar Barch. Henry Rees. Yr oedd y darlun yn ymddangos yn lled newydd, ond yr oedd y ffrâm yn dangos yn rhy eglur ei bod wedi gwasanaethu darlun neu ddarluniau eraill, y rhai oeddynt oll wedi gorfod rhoddi lle i'w gwell. Y dodrefnyn gwerth-fawrocaf yn y tŷ oedd hen awrlais â wyneb pres iddo, yr hwn, yn ôl pob golwg, oedd wedi disgyn o dad i fab am genedlaethau, ac wedi duo cymaint gan henaint fel na ellid dweud pa faint ydoedd ar y gloch arno heb fynd yn glos i'w ymyl.

Ac nid ar allanolion yr hen gloc yn unig yr oedd amser wedi effeithio, canys yr oedd profion rhy amlwg fod ei *lungs* yn ddrwg; oblegid pan fyddai ar ben taro, byddai yn gwneud sŵn anhyfryd, fel dyn â brest gaeth, ac yn ymddangos fel ar ddarfod amdano; ond wedi i'r bangfa fynd trosodd, byddai yn dyfod ato ei hun, ac yn adfeddiannu ei iechyd am awr. Nid oedd llawer o ddibyniad ychwaith i'w roddi ar gywirdeb yr hen greadur, ac o herwydd hynny byddai W. Thomas, er mwyn i'r wraig wybod pa bryd i'w ddisgwyl gartref, yn gadael ei oriawr ar hoel uwchben y lle tân, wrth yr hon yr oedd yn grogedig gadwyn o fetal, sêl, a dwy gragen fechan. Yr oedd y plant oeddynt yn digwydd bod yn y tŷ pan ddaeth Mr. Jones i mewn, wedi hel yn dwr i un gongl, ac yn edrych yn yswil iawn; un yn cnoi ei frat, y llall â'i fys yn ei safn, a'r trydydd yn amlwg yn sugno ei gof, oddi ar ofn i Mr. Jones ofyn iddo am adnod.

Wedi cyfarch gwell, a datgan eu llawenydd o weld ei gilydd, gwelid yr hen batriarch yn dwyn ymlaen yr unig groeso y gallai ei gynnig i ŵr o safle Mr. Jones, yr hwn groeso a gedwid ym mhoced ei wasgod, ac oedd yn gynwysedig mewn blwch corn hirgrwn, a'r ddwy lythyren, W. T., wedi eu torri ar ei gaead. Ie, hwn ydoedd yr unig foeth daearol a dianghenraid y bu William Thomas yn euog o ymbleseru ynddo; a phwy, pa mor wrth-smocyddol bynnag, a fuasai yn ei warafun iddo?

"Wel, William Thomas, yr wyf wedi dyfod yma i ofyn ffafr genych."

"Ffafr gen'i, Mr. Jones bach?" ebe fe.

"Ie, ffafr genych chwi, W. Thomas. Yr wyf yn deall fod teulu y Fron Hen yn ymadael â'r gymdogaeth; a chwi a wyddoch nad oedd neb ond hwy yn arfer derbyn pregethwyr yma; ac nid wyf wedi clywed fod un lle arall yn agor i'w derbyn; ac y mae Mrs. Jones a minnau wedi bod yn siarad â'n gilydd am ofyn i chwi a gawn ni eu croesawu. Yrŵan, ar ôl i ni altro y tŷ acw, yr wyf yn meddwl y gallwn ei wneud yn lled gysurus. A dweud y gwir i chwi, William Thomas, dyna oedd un amcan mawr mewn golwg gennyf wrth wneud y lle acw gymaint yn fwy; bod dipyn yn fwy defnyddiol gyda'r achos, os byddwch mor garedig a chaniatáu ein cais."

Ar hyn daeth rhywbeth i wddf W. Thomas, fel nad allai ateb mewn munud. O'r diwedd dywedodd ei fod yn ofni ei fod wedi cael anwyd, gan fod rhyw grugni yn ei wddf, ac yn wir ei fod yn teimlo ei lygaid yn weiniaid. Nid oedd yr anwyd hwn, pa fodd bynnag, ond o fyr parhad, canys enillodd W. Thomas ei lais clir arferol yn fuan.

"Wel, bendith arnoch, Mr. Jones! Yr ydych yn garedig dros ben, ac wedi cymryd baich mawr oddi ar fy meddwl i, sydd wedi peri i mi fethu cysgu yn iawn er pan glywais fod fy nghyd-swyddog a'i deulu o'r Fron Hen yn mynd i'n gadael. Yr oeddwn i yn dirgel gredu o hyd yr agorai yr Arglwydd ddrws o ymwared i ni rhag i'w weision orfod ysgwyd y llwch oddi wrth eu traed yn yr ardal yma. Chwi wyddoch, Mr. Jones, fod yma eraill yn meddu ar y cyfleusterau, ond y mae gen i ofn nad ydi'r galon ddim ganddynt. Mi gewch fendith, Mr. Jones; fe dal y pregethwr am ei le i chwi. 'Nac anghofiwch letygarwch, canys wrth hynny y lletyodd rhai angylion yn ddiarwybod'. Un hynod o letygar oedd yr hen batriarch. Pan ddaeth y bobl ddieithr hynny heibio ei dŷ, ni wyddai fo yn y byd mawr pwy oeddan' nhw, ond ei fod yn *guessio* eu bod yn weision yr Arglwydd; 'ac efe a fu daer arnynt, ac â roes y croeso gore iddynt; a chyn y bore yr oeddynt wedi troi allan yn angylion, ac fe'i cadwyd yntau rhag i un dafn o'r gawod frwmstan syrthio ar ei goryn'. Yr oedd George Rhodric yn sôn wrtha'i am i ni dalu hyn a hyn y Saboth am le y pregethwr; ond er na fedra'i roi llety i bregethwr fy hunan, yr ydw' i yn hollol yn erbyn y drefn yna. Pe buaswn i yn bregethwr, fuaswn i ddim yn gallu mwynhau pryd o fwyd yr oeddwn i yn gwybod fod rhywun arall yn talu hyn a hyn amdano. Mi fuaswn yn mynd i feddwl faint, tybed, oeddan nhw yn talu, ac a oeddwn i wedi bwyta tua'r marc, neu a oeddwn yn peidio mynd dros ben y marc; er, byd a'i gŵyr o, y mae y rheiny welais i ohonynt yn bwyta digon ychydig, ac yn enwedig y bechgyn â'r wynebau llwydion o'r Bala yna. Ha! Mi fuasai yn o arw gan Mair a Martha gymryd tâl am le yr Athro, goelia' i, Mr. Jones. Ar yr un pryd, yr wyf yn credu mai diffyg ystyriaeth sydd wedi rhoi cychwyniad i'r drefn mewn llawer man. Mae pobl yn eu hanystyriaeth yn cymysgu rhinweddau crefyddol, ac yn tybied os cyflawnant un gorchymyn yn lled dda fod hynny yn gwneud i fyny am orchymyn arall tebyg iddo. Mae ambell ddyn da yn meddwl os bydd o yn cyfrannu yn haelionus at y weinidogaeth, fod hynny yn gwneud i fyny am letygarwch, er ei fod, hwyrach, yn meddu tŷ da a chysurus, a digon o eiddo. Ond y mae hynny yn gamgymeriad, yr ydw i yn meddwl; yr hen drefn sydd iawn. Diolch yn fawr i chwi, Mr. Jones; mi gewch fendith yn siŵr i chwi."

"Yr ydych yn hollol yn eich lle gyda golwg ar letygarwch, William Thomas," ebe Mr. Jones; "a chan fy mod wedi cael fy neges, rhaid i mi ddweud nos dawch i chwi i gyd, a hwylio at yr hen lyfrau acw.''

Ond cyn ymadael galwodd ato bob un o'r plant, a rhoddodd ddarn gwyn yn llaw pob un; ac os rhaid dweud y gwir, yr oedd yn well gan y crefyddolion bychain gael y darn gwyn na chael dweud adnod. Fel yr oedd Mr. Jones yn agosáu at y drws, yr oedd llaw ddehau William Thomas yn dyrchafu yn raddol i uchder ei ben; ac fel yr oedd Mr. Jones yn yr *act* o gau y drws ar ei ôl, daeth y llaw i lawr gyda nerth i gyffyrddiad â phen ei lin.

"Mary," ebe efe, " rhaid i ni gael gwneud Mr. Jones yn flaenor!"

III. William Thomas
a'r Dewis Blaenoriaid

Wedi i deulu y Fron Hen ymadael â'r fro, lletyid pob pregethwr a ddeuai i'r daith gan Mr. Jones y siop; a gadawyd William Thomas yn unig swyddog ar yr eglwys. Pa opiniynau bynnag eraill a ddaliai yr hen flaenor yn wleidyddol ac eglwysyddol, nid oedd yn credu mewn unbennaeth; a mynych y cwynai oherwydd ei unigrwydd yn y swydd, ac y dangosai yr angenrheidrwydd am gael rhywrai i'w gynorthwyo. Gan fod Mr. Jones y siop yn cymryd gofal y llyfrau, ac hefyd yn gweithredu fel trysorydd, yr oedd mwyafrif yr eglwys yn teimlo yn ddigon bodlon i bethau aros fel yr oeddynt. Ond dadleuai William Thomas drachefn ei henaint a'i anfedrusrwydd yn y swydd, ynghyd a'r cyfrifoldeb oedd yn ei gymryd arno ei hun wrth fod yn unig swyddog mewn eglwys lle yr oedd amryw eraill mawr yr yn gymwys i'r gwaith. Buasai George Rhodric yn cefnogi â'i holl galon ymbiliau William Thomas am gael ychwaneg o flaenoriaid, oni buasai fod dau rwystr ar ei ffordd. Yn un peth, yr oedd yn credu yn sicr pe yr elid i ddewis, y buasai Mr. Jones y siop yn mynd i fewn; ac hefyd yr oedd yn gweld y posibilrwydd iddo ef ei hunan gael ei adael allan; ac yn wyneb y ddau beth hyn, penderfynodd fod yn ddistaw ar y pwnc. Ond yr oedd rhyw eneiniad amlwg i'w ganfod ar yr hen frawd Siôr yn ddiweddar; nid oedd mor dueddol i bigo beiau ag y bu, ac yr oedd rhyw ystwythder anarferol yn ei ysbryd, ac arwyddion eglur ei fod yn awyddus i fod ar delerau da â phawb, hyd yn oed â Mr. Jones y siop a'i deulu. Buasai yn anfrawdol yn neb briodoli y cyfnewidiad hwn er gwell ynddo i unrhyw amcanion hunangar ac uchelgeisiol, ac nid oedd neb yn ei groesawu ac yn llawenhau mwy yn yr olwg arno na'r syml a'r difeddwl—drwg William Thomas.

Fel yr awgrymwyd yn barod, yr oedd nifer lluosocaf yr eglwys yn eithaf parod i bethau aros fel yr oeddynt; ac yr oedd yr hen bobl, yn enwedig yr hen chwiorydd, yn parhau i ddweud na chaent neb tebyg i William Thomas; ond yr oedd yr aelodau calliaf a galluocaf, tra yn ofni i'r amgylchiad droi allan yn achlysur cythrwfl ac anghydweld yn gorfod cydnabod rhesymoldeb ac ysgrythuroldeb cais eu hen swyddog parchus. O'r diwedd, pa fodd bynnag, llwyddodd yr hen frawd i gael gan yr eglwys anfon at y Cyfarfod Misol "fod angen arni am ychwaneg o swyddogion."

Yn wyneb yr amgylchiad oedd bellach yn ym ddangos yn debyg o gymryd lle, yr oedd yn yr eglwys dri o wŷr yn teimlo yn bur wahanol i'w gilydd. Yr oedd un gŵr yn ystyried y dylasai gael ei ddewis; yr oedd un arall yn ofni cael ei ddewis; ac yr oedd un arall yn benderfynol na chymerai ei ddewis. Y gŵr a ystyriai ei hun yn feddiannol ar holl anhepgorion blaenor ydoedd George Rhodric; canys yr oedd yn un o'r aelodau hynaf yn yr eglwys, ac yn un o'r athrawon hynaf yn yr Ysgol Sabothol; nid oedd ychwaith o ran dawn a gwybodaeth yn ddirmygedig; ac nid allai neb ddweud dim yn erbyn ei garitor. Wrth roddi y pethau hyn i gyd at ei gilydd, yr oedd efe yn ystyried y gallai sefyll cymhariaeth â phigion yr eglwys, ac na wnaethid camgymeriad wrth ei ddewis. Heblaw hyn, yr oedd o'r farn fod eisiau "gwaed newydd " yn y swyddogaeth. Nid oedd y *class* o bregethwyr oedd yn arfer dyfod yno i wasanaethu y peth y dylasai fod; ac yr oedd yn canfod llawer iawn o ddiffyg trefn mewn amryw bethau eraill y buasai efe wedi galw sylw atynt ers llawer dydd oni buasai ei fod yn ofni i rywrai dybied ei fod yn ceisio "ystwffio ei hun ymlaen."

Y gŵr oedd yn ofni cael ei ddewis ydoedd Mr. Jones y siop. Yr oedd y rhan flaenllaw yr oedd wedi ei chymryd gyda'r plant yn yr Ysgol Sabothol, ac mewn cyfarfodydd eraill, ei waith yn cymryd gofal llyfrau yr eglwys, a'r ffaith fod ei dŷ erbyn hyn yn gartref i bregethwyr, yn peri iddo weld nid yn unig y posibilrwydd, ond hefyd y tebygolrwydd, y dewisid ef. Er ei fod bob amser yn awyddus i wneud yr hyn oedd yn ei allu dros achos crefydd, yr oedd yn ystyried fod cymaint o bwysigrwydd ynglŷn â swydd blaenor, ac yn amau cymaint am ddiogelwch ei gyflwr ysbrydol, a'i gymhwyster personol i'r gwaith, fel y buasai yn rhoddi unrhyw beth bron i'r eglwys am beidio ei ddewis.

Y gŵr arall oedd yn benderfynol na chymerai ei ddewis ydoedd Noah Rees. Gŵr ieuanc ydoedd ef, eiddil, wyneblwyd, ac yn cael y gair fod ganddo lawer o lyfrau; ac yr oedd rhai yn mynd mor bell ac eithafol â dweud fod ganddo gymaint â thri Esboniad ar y Testament Newydd, ac o leiaf ugain o lyfrau eraill ar wahanol bynciau. Er fod y chwedl anhygoel hon yn cael ei hamau yn fawr ar y cyntaf, enillasai fwy o gred yn ddiweddarach gan y ffaith ddarfod i'r gŵr ieuanc ennill dwy wobr mewn Cyfarfod Cystadleuol; un yn werth hanner coron, a'r llall yn werth tri swllt. Taenid y gair hefyd na fyddai efe byth yn mynd i'r gwely hyd un ar ddeg o'r gloch ar y nos, a bod ei fam yn cwyno ddarfod i Noah ddifetha mwy o ganhwyllau mewn un flwyddyn nag a ddarfu ei dad yn ystod ei holl oes, a'i bod yn sicr mai y diwedd a fyddai iddo golli ei iechyd. Heblaw fod Noah yn fwy difrifol, ac yn fwy rhwydd ac ufudd na'i gyfoedion pan elwid arno i gymryd rhan yn y moddion cyhoeddus, yr oedd ei got, yr hon oedd bob amser o liw tywyll, gyda gwasgod yn cau yn glos at y gwddf, ynghyd a'r ymarferiad o amddiffyn y rhan a enwyd olaf â *muffler* pan y byddai yr hin heb fod yn gynnes iawn, yn dangos yn eglur at ba alwedigaeth yr oedd yn cymhwyso ei hun. Tra nad oedd y nifer lluosocaf o'i gyfoedion yn cofio ar nos Sadwrn pwy a fyddai wedi ei gyhoeddi i bregethu yno drannoeth, byddai Noah yn cofio yn dda, ac yn gwybod o ba gyfeiriad i'w ddisgwyl, ac yn gyffredin yn myned i'w gyfarfod, a'i arwain i'w lety. Er nad oedd wedi hysbysu ei gyfrinach i neb, yr oedd amryw yn gallu ei ddarllen, ac yn gwybod cystal ag ef ei hun fod ei lygaid ar rywle y byddai raid i'r blaenoriaid edrych i fyny ato, fel nad oedd raid iddo wneud penderfyniad mor gadarn na chymerai ei ddewis yn flaenor.

I dorri yr hanes yn fyr, caniatawyd cais yr eglwys gan y Cyfarfod Misol, a phenodwyd dau frawd i fynd yno i ddwyn y dewisiad oddi amgylch. Noswaith y cyfarfod eglwysig, wythnos cyn yr adeg yr oedd y dewisiad i gymryd lle, ystyriai William Thomas hi yn ddyletswydd arno alw sylw y frawdoliaeth at yr amgylchiad, a'u hannog i weddïo am ddoethineb a chyfarwyddyd i wneud popeth mewn tangnefedd a chariad, er lles yr achos, a gogoniant y Pen mawr. Tra yr oedd efe yn mynd ymlaen yn y ffordd hyn, yr oedd yn eistedd yn ymyl y sêt fawr, a'i phwys ar ben ei ffon, hen wreigan ddiniwed a duwiol, yr hon a glustfeiniai yn ddyfal; ac yn y man cododd yn sydyn ar ei thraed, a dywedodd:

"William Thomas, deudwch chi wrtho ni pwy i ddewis; y chi ŵyr ore o lawer; ac mi wna i, beth bynnag, yn union fel y byddwch chi yn deud, ac mi wnaiff pawb arall, does bosib'. Chawn ni neb gwell na chi na chystal, mi wn, a dydw i yn gweld neb yma cymwys iawn ond Mr.—"

Amneidiodd William Thomas arni hi i dewi; ac efe a aeth ymlaen mor agos ag y gallwn gofio yn y geiriau canlynol:

"Mae Gwen Rolant bob amser yn dweud ei meddwl yn onest, ac y mae gennyf ddiolch iddi am feddwl mor dda o ohonof; ond nid oes neb yn gwybod yn well na mi fy hun mor anghymhwys ydwyf i'r swydd, ac fod yma amryw o'm brodyr â allent ei llenwi yn llawer gwell." (Gwen Rolant yn ysgwyd ei phen mewn anghrediniaeth.) "Er nad wyf yn ewyllysio, ac na fyddai yn iawn ynof enwi neb, fel yr oedd Gwen Rolant yn gofyn, eto hwyrach, fy nghyfeillion, y goddefwch i mi, oherwydd fy oedran, roddi gair o gyngor i chwi. Gallaf eich sicrhau nad ydyw swydd blaenor yn un i'w chwennychu, ond yn unig fel y mae yn gyfleustra i fod yn fwy gwasanaethgar i Dduw. Yr wyf yn meddwl y gallai pob un ohonoch addoli yn well heb fod yn flaenor. Mae y blaenor wrth ei swydd yn gorfod gwrando ar bob cwyn yn erbyn pawb, ac yn gwybod hefyd pa swm y mae pob aelod yn ei gyfrannu at y weinidogaeth, ac at achosion eraill; ac os bydd ambell un heb fod yn cyfrannu fel y bydd Duw wedi ei lwyddo, pan elwir ar y brawd hwnnw at ryw wasanaeth cyhoeddus, nid yw y blaenor yn gallu cydaddoli a'i holl galon fel y gall yr hwn nad yw yn gwybod. Pan fyddwch yn mynd i ddewis, fy mrodyr, gofelwch nid yn unig am ddynion â chrefydd dda ganddynt, ond gofelwch am rai yn meddu ar ddynoliaeth dda hefyd, heb yr un crac yn eu caritor. Ni wnaiff ychwanego gyfrifoldeb, a chwaneg o bwysau wella'r crac, ond yn hytrach beri iddo ymagor ac ymollwng. Os bydd crac neu budrni ym moth yr olwyn, fel y gwyddoch, er fod cant cryf amdano, ni wna llwyth trwm ddaioni yn y byd iddo. Yr un modd, er i chwi wybod fod dyn wedi cael cant cryf gras amdano, os bydd crac yn ei garitor, ni wna swydd ond ychwanegu ei berygl. Ac i mi ddweud fy mhrofiad fy hun i chwi, yr wyf yn credu fod tlodi, er nad yn anghymhwyster, yn anfantais fawr i ddyn fod yn flaenor. Ni all y blaenor tlawd annog i letygarwch a haelioni crefyddol fel y dymunai wneud. Bydd raid iddo hefyd wrth ei swydd ymwneud â llawer o arian perthynol i'r achos; ac y mae arian yn brofedigaeth i ddyn fydd mewn angen Anhawdd ydyw i sach wag sefyll yn unionsyth. Yr wyf fi, fel y gwyddoch, wedi gwrthod bob amser fod yn drysorydd i unrhyw *fund*. Os beunyddiol gellwch, dewiswch ddynion na fydd arian yn brofedigaeth iddynt." (Mr. Jones y shop yn chwys diferol.) "Os bydd pob peth arall yn cydfyned, da a fyddai i chwi gael dynion parod o ran dawn gweddi, a gallu i siarad yn gyhoeddus." (George Rhodric yn edrych i dop y capel.) "Profedigaeth fawr llawer blaenor ydyw ei fod yn ddi-ddawn; oblegid bydd gwaith cyhoeddus yn fynych yn syrthio i'w ran pan fydd pawb eraill naill ai yn amharod neu ynte yn anufudd. Mae o bwys i chwi hefyd, fy nghyfeillion, gael dynion ag y bydd eu cydymdeimlad yn ddwfn â'r pregethwr. Melltith i eglwys ydyw blaenor brwnt a phigog. Mae llawer oedfa wedi cael ei handwyo oherwydd ymddygiad anserchog ac oer y blaenor tuag at y pregethwr; ac, o'r ochr arall, y mae llawer pregethwr wedi cael iechyd i'w galon a chodiad i'w ysbryd mewn pum' munud o ymddiddan serchoglawn â'r blaenor cyn mynd i'r capel. Ceisiwch, os gellwch, ddewis dynion y bydd eu hysbryd yn cydredeg ag ysbryd y pregethwr, a'u calon yn llosgi am lwyddiant ei amcan mawr. Na ddiystyrwch ieuenctid neb. Os ydych yn gweld yma ryw fachgennyn addawol, darllengar, a ffyddlon, er nad oes ganddo ond dwy dorth a dau bysgodyn, na throwch ef o'r naill du oherwydd ei ieuenctid." (Noah Rees yn rhoi ei ben i lawr.) "Pan ddaw yr adeg i chwi ddewis, bydded i chwi, fy nghyfeillion, gael eich cynhyrfu oddi ar gyd wybod i Dduw, ac nid oddi ar amcanion hunanol a phersonol."

Aeth yr hen flaenor ymlaen yn y dull uchod am ysbaid; ac ar y diwedd anogodd un o'r enw Peter Watcyn, yr hwn a gyfrifid ei fod yn deall Saesneg yn dda, i egluro i'r frawdoliaeth y drefn o ddewis swyddogion y penodasid arni gan y Corff, yr hwn a wnaeth gyda deheurwydd mawr. Yn yr eglurhad a roddwyd gan Watcyn, soniodd gryn lawer am y "balot," "y tugel," "y rhai presennol," "a'r rhai absennol," "dwy ran o dair," "a thair rhan o bedair," ac, yr hyn oll i Gwen Rolant, er clustfeinio ei gorau, oedd yn Roeg perffaith. Pa fodd bynnag, wedi i ddau frawd ofyn cwestiwn a chael atebion boddhaol, terfynwyd y cyfarfod.

Ar y ffordd gartref dywedai George Rhodric fod yn hawdd iawn gweled at bwy yr oedd William Thomas yn naddu, a phwy oedd ei ddyn o. Dywedai Gwen Rolant ei bod hi yn ofni fod crefyddwyr yr oes hon yn mynd i dir pell iawn. Pan oedd hi yn ieuanc, y ffordd y byddid yn dewis blaenoriaid oedd i ddau bregethwr, neu ynte bregethwr a blaenor ddyfod i'r seiat, ac i bawb fynd atynt, a dweud pwy oeddynt am ddewis; ond yrwan fod rhyw Balet yn dŵad, pwy bynnag oedd hwnnw—yr oedd hi yn ofni oddi wrth ei enw ei fod yn perthyn rywbeth i Belial. Ac am y tiwgl yr oeddynt yn sôn amdano, yr oedd hi yn siŵr mai Sais oedd hwnnw, ac mai gwaith Peter Watcyn oedd ei gael yno, fel y cai o wybod pan nesa' y gwelai.

"Ni chymer'sai William Thomas lawer ohono ei hun," ychwanegai yr hen chwaer, "â nôl Saeson yma, ac ni ddarfu o gymaint â henwi un ohonynt y noson hono, yr hyn oedd yn dangos yn ddigon plaen mai gwaith Peter Watcyn oedd y cwbl."

Afreidiol ydyw dweud fod Gwen Rolant, pan ddaeth noswaith y dewisiad, wedi cael ei siomi o'r ochr orau, ac na welodd ac na chlywodd, er chwilio a chlustfeinio ei gorau, yr un Sais yn y cyfarfod, ond yn hytrach pregethwr a blaenor. Y cyntaf a adwaenai yn dda, ac oedd annwyl iawn ganddi. Ac yr oedd Gwen druan yn diolch o'i chalon nad oedd crefyddwyr yr oes hon wedi myned i dir mor bell ag yr oedd hi wedi ofni.

IV. Dewis Blaenoriaid

Mor chwithig a digrifol a fyddai clywed un yn annerch ei gyd-aelodau eglwysig ac yn rhoddi ei farn iddynt ar y Fugeiliaeth, Cronfa y Gweinidogion, Cyfansoddiad y Gymdeithasfa, achosion tramor y Cyfundeb, sef y cenadaethau, addysg y Colegau, rhyfeloedd cartrefol, a rhyfeloedd gydag enwadau eraill, gan addo gwneud hyn a'r llall os dewisid ef yn flaenor! Onid edrychid ar y fath un fel un hollol annheilwng o gael ei ddewis? Ac eto ni feddyliai neb synhwyrol am roddi ei bleidlais i ymgeisydd am eisteddle seneddol heb yn gyntaf gael gwybod ei opiniynau ar brif bynciau y dydd, a chael addewid ddifrifol ganddo y byddai iddo bleidleisio dros, o leiaf, y mwyafrif o'r mesurau hynny a gymeradwyir ganddo ef ei hun. Edrychir ar lafur ac ymdrech egnïol ymgeisydd am gynrychiolaeth ei fwrdeisdref neu ei sir fel un rheswm ychwanegol at ei gymwysterau personol dros wneud pob peth a ellir o'i blaid; ac, yn wir, anaml y gall neb ennill sêl a brwdfrydedd yr etholwyr dros ei achos heb iddo ef ei hun yn gyntaf arddangos ymroad diflino ym mhlaid ei ymgeisyddiaeth. Ond mor rhyfedd ydyw y ffaith mai cyn gynted ag y dengys dyn ei fod yn awyddus am gael ei wneud yn flaenor eglwysig, yr un foment fe'i teflir o'r neilltu gan ei gyd-aelodau, gan nad beth fyddont ei gymwysterau personol. Yr hyn sydd yn fywyd ac yn gymhwyster anhepgorol bron mewn un amgylchiad, sydd yn farwolaeth ac yn ddinistr yn yr amgylchiad arall. Ymddengys, yn ôl sefyllfa pethau, mai un o'r prif gymwysterau mewn dyn tuag at fod yn flaenor ydyw, na freuddwydiodd ac na ddychmygodd erioed am yr anrhydedd—o leiaf nad amlygodd ei fod wedi breuddwydio neu ddychmygu am hynny. Gall un fod â'i lygad ar y swydd am flynyddau, ac wedi ymbarotoi yn ddyfal ar ei chyfer; ond os bydd yn gall ac yn meddwl llwyddo, rhaid iddo gadw ei gyfrinach i gyd iddo ef ei hun;

oblegid i'r graddau yr amlyga i'r frawdoliaeth ei ddeisyfiad, i'r un graddau y bydd ei ragolygon yn lleihau.

Beth all fod y rheswm am hyn, nid ydym yn cymryd arnom fod yn alluog i ddyfalu. A oes mwy o *jealousy* ynglŷn â chrefydd nag â gwleidyddiaeth?

Byddai yn ddrwg gennym orfod credu hynny. Gall rhywun awgrymu fod y gwahaniaeth rhwng un yn ceisio swydd eglwysig ac un yn ceisio eisteddle seneddol yn gorwedd yn natur y ddwy swydd: un yn ysbrydol, a'r llall o'r ddaear yn ddaearol. Ond, atolwg, beth a ddwedwn am un yn cynnig ei hun yn bregethwr? Hyd y gwyddom ni, ni ddarfu i'r ffaith fod un yn cynnig ei hun yn bregethwr beri i neb feddwl yn llai ohono, na bod yn un rhwystr iddo, os byddai popeth arall yn foddhaol. Ac onid ydyw yn bosibl i anghenraid gael ei osod ar ddyn, ac mai gwae iddo oni flaenora, yn gystal ag oni phregetha yr efengyl? Nid ydym yn anghofio y cymerir yn ganiataol fod yr eglwys yn gwneud ei dyletswydd trwy weddïo am gyfarwyddyd, a bod rhyw arweiniad Dwyfol i'w ddisgwyl ganddi er mwyn syrthio ar y dynion da eu gair. Ond ar yr un pryd nid allwn gau ein llygaid ar y ffaith fod llawer o gamgymeriadau yn cael eu gwneud yn yr amgylchiadau hyn. Oni ddewisir dynion yn fynych yn flaenoriaid nad ŵyr yr eglwys nemor am eu golygiadau ar y pynciau y teimlir y diddordeb mwyaf ynddynt? Onid oes amryw wedi iddynt fod am ychydig amser yn y swydd, a chael cyfleustra i egluro beth oeddynt, yn dangos yn rhy amlwg nad ydynt yn cynrychioli teimladau na syniadau yr eglwys y maent yn arweinwyr proffesedig iddi? Ac onid oes eraill yn amlygu mai pwynt uchaf eu gweithgarwch gyda symudiadau pwysicaf yr eglwys ydyw bod yn oddefol—bod yn ôloriaid? Ac eto parhânt yn eu swydd, os bydd eu cymeriad yn weddol ddilychwin, hyd nes y lluddir hwynt gan farwolaeth. Cofier mai sôn yr ydym am eithriadau; ond ceir hwynt yn eithriadau lled fynych ymhlith ein brodyr y blaenoriaid. Y maent fel dosbarth yn ddynion grasol, galluog, a rhyddfrydig;

ond i'n tyb ni, y mae yn hen bryd i ni gael rhyw ddyfais i symud o'r ffordd y dosbarth hwnnw sydd yn rhwystr i lwyddiant crefydd, ac yn fagl ar bob symudiad daionus ynglŷn â'r eglwys y maent yn swyddogion iddi.

Sôn yr oeddem am aelod yn syrthio allan o ffafr yr eglwys wrth arddangos awydd am gael ei wneud yn flaenor. Mae yn ddiamheuol fod rhyw reswm i'w roddi am hyn pe gellid dyfod o hyd iddo, ac mai fel y mae pethau y maent orau. Hwyrach mai rhywbeth i'w ddarganfod gan eraill, ac nid gan y dyn ei hun, ydyw y cymhwyster i fod yn flaenor. Yr ydym yn tueddu i feddwl fel hyn wrth ddychmygu atebiad un a fyddai wedi ei ddewis i fod yn flaenor pan ofynnid y cwestiwn iddo yn y Cyfarfod Misol, "Beth ydyw eich teimlad gyda golwg ar waith yr eglwys yn eich galw i fod yn flaenor iddi?" Pe yr atebai, "Wel, yn wir, yr wyf yn meddwl fod yr eglwys wedi gwneud yn gall iawn. Yr oedd arnaf chwant mawr er ys blynyddoedd am gael bod yn flaenor, ac yr wyf yn meddwl y gallaf wneud un rhagorol, ac y bydd yr eglwys ar ei mantais yn fawr iawn o herwydd y dewisiad hwn,"—oni chreai hyn gyffro? Ac onid elwid pwyllgor ynghyd ar unwaith i ystyried achos y brawd gonest?

Er nad oes gysylltiad uniongyrchol rhwng y sylwadau uchod â dewisiad blaenoriaid "capel William Thomas," fel y gelwid ef gan blant y gymdogaeth; hynny, pa fodd bynnag, fu yr achlysur i ni eu hysgrifennu. Yr oedd pob lle i feddwl fod yr eglwys wedi gwrando i bwrpas ar gynghorion William Thomas, ac edrychid ar yr amgylchiad fel un o'r pwysigrwydd mwyaf. Ni chollodd George Rhodric o Bant y Draenog yr un cyfleustra i awgrymu ei gymhwyster diamheuol ei hun i'r swydd. Gyda y rhai a ystyriai fel ei edmygwyr, ni phetrusai siarad yn eglur; ond gydag eraill nad oeddynt mor iach yn y ffydd ddraenogaidd, bodlonai ar arddangos cymaint o garedigrwydd ag a fedrai, a mwy o grefyddolder nag a feddai. Sylwyd hefyd gan y craff fod Siôr, heblaw dyfod yn gyson a difwlch i foddion gras, yn ymddangos yn eu mwynhau tu hwnt i bopeth, yn gymaint felly nes cynhyrchu rhyw ledneisrwydd caruaidd yn ei ysbryd, yr hwn a ymweithiai hyd i flaenau ei fysedd, ac na fyddai fodlon heb gael ysgwyd dwylo â phob cyflawn aelod, agos, wrth ddyfod allan o'r capel. Deuddydd cyn y dewisiad, yr oedd ei ragolygon mor obeithiol fel y synnwyd ei brentis gan ei ymddangosiad siriol. Cyn i'r prentis gael dechrau gweithio ar ôl brecwast, dywedai ei feistr wrtho,

"Bob, f'aset ti'n leicio cael *walk* heddiw bore?"

"Baswn i wir, syr," ebe Bob.

"Wel, dydi hi ddim ond pedair milltir o ffordd. Cymer y ddeunaw 'ma, a cher' i siop Mr. Pugh y *printer*, a gofyn am y Dyddiadur gore—un deunaw, cofia. Paid â chymryd arnat i bwy mae o."

"O'r gore, syr; dyddiadur 'gethwr ydach chi'n feddwl ynte, â 'lastic arno fo?"

"Un deunaw yr ydw i'n deud i ti. Paid â bod yn hir."

Yr oedd Bob yn meddu mwy o gyfrwystra a chraffter nag a roddid credyd iddo gan Rhodric; ac nid cynt yr oedd allan o olwg ei feistr nag y dechreuai ysgrwtian a chodi ei ysgwydd chwith gan wincian yn gyfrwysddrwg â'i ddau lygad bob yn ail, a siarad ag ef ei hun,

"Wel, yr hen law, mi all'sech ch'i safio y ddeunaw 'ma, dwy'n meddwl, os ydi'n nhad yn gw'bod rh'wbeth. Y ch'i yn flaenor, wir! Mi fyddwch yn o hen!"

Gwnaeth Bob ei neges yn rhagorol ac mewn byr amser; a phan ddychwelodd, cafodd ei feistr yn ei ddisgwyl, ac wedi llwytho ei bibell ond heb ei thanio—nid ei getyn a arferai wrth ei waith, ond ei bibell hir yr hon a arferai yn unig ar achlysuron neilltuol. Gofynnodd,

"Gês ti o, Bob?"

"Do, syr."

"Ddaru Mr. Pugh ofyn i ti i bwy yr oedd o?"

"Naddo, syr, ond 'ddyliwn y fod o'n dallt," ebe Bob, yn anwyliadwrus.

"Dallt bybe?" ebe ei feistr.

"Dallt fod rhwfun eisio gweld hanes y ffeirie a phethe felly," ebe Bob, gan osgoi y cwestiwn.

"Ho!" ebe Rhodric.

Cymerodd y dilledydd gader a gosododd hi o flaen y tân. Eisteddodd i lawr yn bwyllog; gosododd ei draed un ar bob pentan; taniodd ei bibell, trodd ddalennau y Dyddiadur yn hamddenol nes dyfod at restr pregethwyr ei sir; ac yna safodd—sefydlodd ei hun i lawr yn ei gader, cymerodd sugndyniad neu ddau lled nerthol o'r bibell i sicrhau fod yno dân, a chymerodd y pwyntil allan o'i logell. Yr oedd Bob, er yn cymryd arno fynd ymlaen hefo ei waith, yn ei wylio yn ddyfal, a malais yn chware yn nghonglau ei lygaid, tra y clywai ei feistr yn siarad ag ef ei hun:

"Wel, ddoi di ddim yma eto; na thithe; unwaith yn y flwyddyn yn ddigon i tithe; unwaith bob dwy flynedd yn hen ddigon iddo fo," &c.

Wedi dihysbyddu y rhestr, a phenderfynu tynged pob un, dywedai Meistr Rhodric yn y man,

"Bob, sut y mae dy dad yn meddwl y troith hi nos Iau?"

"Mae o yn meddwl y caiff Mr. Jones ei ddewis, syr," ebe Bob.

"Purion; pwy arall?"

"Dydi o ddim yn siŵr am neb arall, syr."

"Chlywest ti mono fo yn deud dim byd amdana i?"

Daeth y cwestiwn hwn mor sydyn ar Bob, druan, fel na wyddai yn iawn sut i'w ateb a chadw y ddysg! yn wastad.

"Tyrd, tyrd, 'y machgen i, paid ofni deud y gwir."

"Wel, mi clywes o yn deud rhwbeth, syr."

"Deud beth? Allan â fo, Bob."

"Yr oedd o yn deud ei fod yn meddwl ych bod chi— dwi ddim yn leicio deud, syr. "

"Paid ofni deud y gwir."

"Wel, yr oedd o yn deud ei fod yn meddwl ych bod ch'i yn 'y nghadw i yn rhy glòs!

"Ho, ai dyne'r cwbl," ebe Rhodric yn siomedigaethus, a dilynwyd hyn â dystawrwydd megis ysbaid haner awr. Pan oedd Bob yn mynd i'w ginio, dywedai ei feistr wrtho,

"Bob, does yma ddim rhyw lawer o daro heddiw p'nawn, ac mi elli gymryd hanner gŵyl os leici di, â fory hefyd 'ran hynny os oes gan dy dad rywbeth i ti i neud."

"Thenciw, syr," ebe Bob, wedi ennill ei bwynt tu hwnt i'w ddisgwyliad; a'i feistr o'r ochr arall yn tybied ei fod wedi gwneud *good stroke of policy*.

Hyfrydwch o'r mwyaf bob amser oedd gan Mrs. Jones y siop groesawu a lletya pawb a fyddent yn dwyn cysylltiad uniongyrchol â'r achos; ac nid ydyw ond gonestrwydd ynom i ddweud fod ei sirioldeb a'i chroeso wedi cyrraedd eu pwynt uchaf pan dderbyniodd hi y cenadon dros y Cyfarfod Misol oddeutu awr cyn yr adeg yr oeddynt i fynd i'r cyfarfod eglwysig i ddewis blaenoriaid. Yr oedd Mrs. Jones yn dra naturiol yn ystyried fod y diwrnod wedi dyfod, yr hwn a ddylasai fod wedi dyfod yn llawer cynt, i osod yr anrhydedd hwnnw ar ei gŵr, yr hwn o bawb, fel y credai hi, oedd yn ei deilyngu fwyaf. Yr oedd yr hyfrydwch yr oedd hi yn ei deimlo am fod y diwrnod wedi dyfod o'r diwedd, i'w ganfod yn ei holl ysgogiadau, ac i'w weled a'i brofi yn y te a'r danteithion a osodid o flaen y brodyr dieithr. Ond yn hollol fel arall y teimlai Mr. Jones. Ni fu gas ganddo erioed o'r blaen weled na phregethwr na flaenor yn dyfod i'w dŷ; ac achlysur eu dyfodiad yn unig a barai iddo edrych arnynt felly y tro hwn. Yr oedd golwg ysmala arno y noson honno. Ni fedrai eistedd yn llonydd am funud. Cerddai yn ôl a blaen, i mewn ac allan, fel pe buasai yn chwilio am rywbeth ac na wyddai beth oedd. Ceisiodd wneud pob esgus a chreu pob rhwystr, rhag myned i'r capel y noson honno, ond yn aflwyddiannus. Buasai yn dda ganddo glywed fod anghaffael ar y ceffyl, neu ryw anhwyldeb ar y fuwch, neu ynte weled trafaeliwr yn dyfod i'r siop y buasai yn rhaid iddo aros gydag ef. Ond yr oedd ei holl ddymuniadau yn ofer, a bu raid iddo fynd i'r capel gyda'r cenhadon. Nid oedd ei sefyllfa ronyn gwell wedi iddo fynd i'r capel. Teimlai boethder annioddefol yn ei ben, a rhyw anesmwythder mawr yn ei du mewn, yn enwedig yn nghymdogaeth ei galon. Meddyliodd fwy nag unwaith ei fod wedi cael clefyd, a phenderfynodd lawer gwaith fynd allan; ond er hynny arhosodd yn yr un fan. Ni welodd erioed gyfarfod mor faith, ac ychydig, os dim, a wyddai beth a ddwedid yno.

Yr oedd y cyfarfod yn un neilltuol o luosog. Yr oedd yno rai na welwyd yn y seiat ganol yr wythnos er ys blynyddau, ac amryw na wyddid yn iawn a oeddynt yn aelodau ai peidio, yn awr yn profi eu haelodaeth. Ni chymerodd dim neilltuol le oddigerth gwaith Gwen Rolant yn mynnu cael dweud yn hytrach nag ysgrifennu i bwy yr oedd hi yn fotio, yr hyn a wnaeth mewn llais lled uchel. Hysbyswyd gan y cenhadon, er fod deg wedi cael eu henwi, mai tri oeddynt wedi cael y nifer angenrheidiol o bleidleisiau, sef Mr. Jones y shop, Mr. Peter Watcyn, a Mr. James Humphreys. Yr oedd William Thomas yn eistedd yn nghongl y sedd fawr â'i ben patriarchaidd yn pwyso ar ei law. Ar dderbyniad y newydd, caeodd ei lygaid ac ymdaenai diolchgarwch dros ei wyneb, fel pe buasai yn dweud, "Yr awr hon, Arglwydd, y gollyngi dy was," &c. Yr oedd yno wyneb arall yn y gynulleidfa ag oedd yn ffurfio gwrthgyferbyniad hollol i wyneb William Thomas, a'r wyneb hwnnw oedd yr eiddo George Rhodric!

V. Y Blaenoriaid Newydd
yn y Glorian

A ddewiswyd blaenoriaid erioed ag oeddynt wrth fodd calon pawb? Na, yr ydym yn tybied fod hynny hyd yn hyn heb gymryd lle. Naill ai y mae y blaenor newydd yn rhy hen neu yn rhy ieuan,—yn rhy gyfoethog neu yn rhy dlawd,—yn rhy flaenllaw neu yn rhy llwfr. Pa fodd bynnag, mae yn gysur i bob blaenor newydd-ddewisedig, fod y mwyafrif o'i gyd-aelodau eglwysig yn ei ystyried yn ŵr cymwys i'r swydd, gan nad beth fyddo ei olygiadau ef amdano ei hun. Gellir dweud na ddewiswyd blaenoriaid erioed gyda mwy o unfrydedd na flaenoriaid capel William Thomas; ond wrth ddweud hyn nid ydym am i neb feddwl nad oedd yno rai yn edrych arnynt gydag anfodlonrwydd mawr.

Ni fu erioed dri gŵr mor wahanol i'w gilydd o ran cymeriadau â Mr. Jones y siop, Peter Watcyn, a James Humphreys, er y rhaid fod ynddynt rywbeth cydnaws a thebyg, ac onide ni ddewisasid hwynt, tybed, gan yr un corff o bobl. Yr oedd Mr. Jones yn ŵr hynaws a bywiog, ac yn meddu ar gryn lawer o adnabyddiaeth o'r byd, yn dda arno o ran ei amgylchiadau, yn haelfrydig yn ei roddion, ac yn llawn awydd i wneuthur daioni; ond eto yr oedd rhyw ledneisrwydd ynddo ag oedd yn ei gadw yn ôl oddi wrth bethau cyhoeddus i raddau mawr. Dyn yr un drychfeddwl ydoedd Peter Watcyn. Fel y dywedwyd o'r blaen, yr oedd efe yn cael y gair ei fod yn deall Saesneg yn dda, ac yn gwybod y gwybodaethau tu hwnt i'w gyfoedion. Ond pwnc mawr Peter Watcyn oedd canu; ac yr oedd cerddoriaeth wedi cymryd cymaint o'i fryd fel nad allai edrych ar ddim bron ond trwy farrau yr erwydd, na rhoddi ei farn ar ddim ond wrth sŵn y *pitchfork*. Ymha le bynnag y gwelem ef, pa un ai ar yr heol, neu yn ei dŷ ei hun, neu yn y capel, yr oedd y geiriau "Hen Nodiant" a "Tonic Sol-ffa" yn dyfod i'n meddwl er ein gwaethaf. Heb i ni mewn un modd amcanu

gwneuthur cam ag ef, yr ydym yn meddwl y cafodd llawer
pregethwr le cryf i gredu fod Peter yn cael mwy o bleser yn
Llyfr Ieuan Gwyllt nag yn y bregeth, ie, nag hyd yn nod yn
y Bibl ar y pryd. Gwr diddysg, hywaith a diniwed ydoedd
James Humphreys, ac mewn gwth o oedran. Glöwr ydoedd
wrth ei alwedigaeth; a bu raid iddo ddisgyn i waelod y pwll
glo cyn derbyn dim addysg ond a gawsai yn yr Ysgol
Sabothol. Cyn gynted ag y cafodd fynd ar ei "bige," ys
dywed y glowyr, priododd, a bendithiwyd ef ag amryw o
blant, y rhai, yn ôl ei allu, a ddygodd i fyny yn addysg ac
athrawiaeth yr Arglwydd. Yr oedd galluoedd ei feddwl mor
fychain, yn enwedig yn ei olwg ei hun, fel mai anfynych yr
anturiai ddweud ei farn ar unrhyw bwnc. Ni fyddai byth yn
cymryd gafael mewn newyddiadur; ac anfynych yr edrychai
ar unrhyw lyfr oddieithr y Bibl, Esboniad James Hughes, a
Geiriadur Charles. Yr oedd ei ffydd yn y natur ddynol yn
ymylu bron ar blentynrwydd, a buasai agos cyn hawsed i
ddyhiryn ei dwyllo â thwyllo baban. Yr oedd James
Humphreys yn un o'r dynion hynny sydd yn peri i un
feddwl na wyddant ddim am lygredigaeth y natur ddynol,
oni bai eu bod hwy eu hunain yn cwyno yn barhaus o'i
herwydd. Yr oedd ei holl fyd yn gynwysedig yn eu deulu, y
gwaith glo, a'r capel; ac o angenrheidrwydd yr oedd ei
wybodaeth yn gyfyngedig iawn. Ac eto pan âi James
Humphreys ar ei liniau, yr oeddem yn gorfod teimlo ein
hunain yn fychain a llygredig yn ei ymyl, a'i fod yn meddu
yr allwedd a allai agor dôr y byd ysbrydol. O ddyn dedwydd!
Pa sawl gwaith y buom yn cenfigennu wrthyt? Ar nos
Sadwrn, yn dy fwtri dlawd, pan ymolchit ac y glanheid dy
hun oddi wrth barddu a baw y pwll glo, yr oeddit ar yr un
pryd yn golchi ymaith olion yr wythnos a gofalon y byd
oddi ar dy feddwl, a'th ysbryd yn ymadnewyddu ac yn
dyheu am y Saboth, yr hwn a wnaethpwyd er mwyn dyn?
Os gwael ac anfedrus a fyddai y pregethwr, pa wahaniaeth
a wnâi hynny i James Humphreys? Yr oedd ei ystumog

ysbrydol â'r fath awch arni fel y byddai yr ymborth mwyaf cyffredin yn flasus ac yn ddanteithiol ganddo. Nid oedd na siop, na fferm, na fargeinion, un amser yn croesi ei feddwl, nac yn rhwystro iddo wrando ar bob gair a ddeuai allan o enau y pregethwr. Amheuon? Ni wyddai efe beth oedd y rhai hynny. Yr oedd ei feddwl yn rhy fychan i ganfod anghysondeb, a'i galon yn rhy lawn o gariad i roddi lle i'r posiblrwydd ohono! Tra yr oedd rhai yn rhy fydol eu meddyliau, ac eraill yn rhy ddifater, ac eraill yn rhy feirniadol, i allu mwynhau y bregeth, byddai efe yn ei bwyta gyda blas, ac yn mynd allan o'r addoldy ar ben ei ddigon. Yn yr Ysgol Sabothol, drachefn, tra yr oedd eraill yn pendroni ynghylch hanes y seren a ymddangosodd yn y dwyrain, yr oedd efe yn cyflwyno anrhegion o flaen y Mab Bychan, fel ei aur, ei thus, a'i fyrr. Tebygem na threuliodd efe awr erioed mewn gwagfeddyliau uchelgeisiol; a phan glywodd efe y cenhadon dros y Cyfarfod Misol yn cyhoeddi ei fod wedi cael ei ddewis yn flaenor, pa ryfedd iddo ymddangos fel pe buasai wedi ei daro â mellten, ac iddo fethu â chysgu y noson honno, ac mai hon ydoedd y noswaith fwyaf anhapus yn hanes ei fywyd?

Ar ei ffordd gartref o'r cyfarfod eglwysig, dywedai Gwen Rolant wrth Rhodric, "Wel, George, a ge'st ti dy blesio heno? Naddo, mi dy wranta, ne y mae yn od iawn gen'i."

"Yr ydach chi yn gofyn ac yn ateb, " ebe George; "ond am unwaith, beth bynnag, yr ydach chi'n ateb yn iawn. Dydw i ddim am ragrithio, naddo; chês i mo 'mhlesio; a waeth gen i pwy gŵyr o. Mae peth' fel hyn yn ddigon a gneud dyn nad a'i o byth yn agos atyn' nhw. I fod yn flaenor y dyddie yma, rhaid i ddyn fod yn gyfoethog neu yn ddwl; a dydi o ddim ots p'run am wn i. Mae yn dda gen' i nad ydw i yr un o'r ddau. Mae dynion galluog a thalentog, sydd wedi bod yn llafurio ar hyd eu hoes gyda'r achos, yn cael eu taflu o'r neilltu rwan; ac un yn cael ei ddewis am fod gyno fo siop, a'r llall yn cael ei ddewis am ei fod o yn debyg i'w nain, a'r trydydd am i fod o yn wyneb galed."

"Aros! Aros! George," ebe'r hen wreigan, "paid ti siarad yn rhy *ffast*. Yr wyt ti yn mynd ymlaen yn debyg iawn i ddyn wedi cael ei siomi; ac mae gen'i ofn nad wyt ti ddim mewn ysbryd priodol."

"Y fi fy siomi?" ebe Rhodric, "mi fase'n o ffiaidd gen'i."

"Wn i p'run am hynny," ebe Gwen; "yr wyt yn cofio stori'r llwynog a'r grawnwin yn well na fi. A pheth arall, pan wela i ddyn yn gneud ei hun yn o amlwg o flaen amser dewis blaenoriaid, ac yn prynu Dyddiadur, a phethe felly, mi fydda i'n meddwl yr adeg honno fod ei lygad o tua'r sêt fawr." (Edrychodd George arni gyda syndod, ac aeth Gwen ymlaen.) "Ac am fod yn gyfoethog, mi faset tithe mor gyfoethog â Mr. Jones, dase ti'n medryd, mi dy wranta di. Ac am fod yn debyg i'r nain, mi fase'n dda i lawer fod yn debycach i'w nain; mi fase gwell graen ar eu crefydd nhw, a rhwbeth fase'n 'u cadw nhw o'r tafarnau. Mi wyddost, George, nad oes dim blew ar 'y nhafod i, a fedra i ddim diodde' i ti redeg y blaenoriaid newydd i lawr. Dwyt ti ddim yn deilwng, wel di, i glymu esgid Mr. Jones fel dyn na christion; ac am James Humphreys, os ydi o'n ddiniwed ac yn ddiddysg, fel fy hunan, mae gyno fo grefydd y bydde'n dda i ti gael marw yn ei chysgod. Ond ddaru minnau, yn wirionedd, ddim fotio i Pitar; ac wn i ddim be 'naeth i'r eglwys ei ddewis o. Mae'r bachgen wedi mwydro'i ben hefo'r canu 'ma, fel na wn i ddim beth i feddwl ohono fo. Pan oeddwn i yn ifanc, cyfarfod gweddi fydde gynno ni am bump o'r gloch p'nawn Sul, i ofyn am fendith ar yr odfa; ond yrŵan rhyw 'do, do, sol' sydd gan Pitar a'i griw o flaen yr odfa; ac mae'n anodd gen'i gredu fod y Brenin Mawr yn fwy parod i wrando ar y 'do, do, sol' ma nag ar ddyn ar ei linie. A chyn i Pitar a'i sort gymryd y canu, un pennill fydde ni'n ganu, a hwnnw lawer gwaith drosodd, pan ddoe'r hwyl; ond yrŵan, dyn a'm helpio, rhaid canu yr *hymn* ar ei hyd, a hynny cyn chwyrned â'r gwynt, na ŵyr neb be mae nhw'n ganu. Chawn ni byth ddiwygiad crefyddol, goelia i, tra bydd yr hen 'do, do, sol' ma'n cael ei rygnu. Ond dydi'r bachgen ond ifanc eto, a rydw' i'n gobeithio y caiff o ras i ymgroesi. Pe cae ni un o'r hen ddiwygiadau annwyl eto, ac iddo gael trochfa go lew, mi wranta i y tafle fo 'i 'do, do, sol' i'r tân, ag y bydde'n dda ganddo gael canu yr un pennill ganwaith drosodd."

"Wel,' ebe Rhodric, "mi wela, Gwen Rolant, nad ydach chithe ddim wedi'ch plesio'n hollol; ac er 'y mod i'n 'styried Peter yn ddyn hollol annheilwng i fod yn flaenor, fedra i ddim cydweled â chi ynghylch y Tonic Sol-Ffa. Mae Peter wedi gneud lles mawr i'r canu. Mae yr oes wedi newid er pan oeddach chi'n ifanc, a rhaid mynd i ganlyn yr oes. Ac am y peth a alwch yn ddiwygiad, pe dae chi byw am gan' mlynedd, chae chi byth weld pobl yn neidio ac yn gwaeddi fel erstalwm pan oedd y wlad mewn anwybodaeth. Mae pethe wedi newid yn fawr er hynny, a wiw i chi ddisgwyl am beth felly eto."

"Be wyt ti'n ddeud, George?" ebe yr hen chwaer yn gynhyrfus, gan sefyll ar ganol y ffordd, a chodi ei ffon fel pe buasai ar fedr ei daro. "Be wyt ti'n ddeud? Na wiw i mi ddim meddwl am gael diwygiad! Wyt ti'n gwirioni, dywed? Gwir a ddwedaist, ysywaeth, fod yr oes wedi newid. Mae pobl yrŵan yn meddwl mwy am wisgoedd a chrandrwydd nag am wledd i'r enaid. A be wyt ti'n sôn fod yr oes o'r blaen yn anwybodus? Yr oes hon sy'n anwybodus. Yn fy amser i, doedd eisio na Llyfr *Hymns* na 'Fforddwr gynno ni yn y capel, ond pawb yn 'u medryd nhw ar 'u tafod leferydd. Ond yrŵan wrth adrodd y 'Fforddwr, rhaid i bawb gael llyfr o'i flaen, ne mi fydd yn stop buan, mi wranta; a phe bae pregethwr ddim ond yn rhoi allan yr hen bennill, *Dyma Geidwad i'r colledig*, mi geit weld ugeiniau yn sisial yng 'nglustiau 'i gilydd, 'W'at pêds? W'at pêds?' hefo'u hen Sasneg. Ydi, mae'r oes wedi newid; ond wyt ti'n meddwl fod Duw wedi newid? 'Iesu Grist, ddoe,

heddiw, yr un ac yn dragywydd.' Ddysgest ti erioed mo'r
adnod annwyl ene, dywed? Wyt ti'n meddwl mai Duw yn
troi i ga'lyn y ffasiwn ydi'n Duw ni? Ni fyrhaodd braich yr
Arglwydd fel nad allo achub, ni thrymhaodd ei glust fel na
allo glywed; a phan ddêl, efe a argyhoedda y byd o bechod,
o gyfiawnder, ac o farn. A phe caet ti, George, weld diwygiad
tebyg i'r un a welodd William Thomas a finne, mi neidiet
tithe lathen oddi wrth y ddaear, er mor afrosgo wyt ti, ac er
balched ydi dy galon.

> O na ddeuai'r hên awelon,
> Megis yn y dyddiau gynt.

Ie, mi af trosto fo eto er gwaetha dy 'do, do, sol','' ebe yr
hen wraig selog, gan ganu nerth ei phen; ac yn canu y
gadawodd Rhodric hi. Ond nid oedd dim ysbryd canu yn
George Rhodric ei hun; ond yn galon-drom, bendrist, â
wyneb sur a sarrug, yr aeth efe i'w dŷ. Pa fodd bynnag,
heblaw canu Gwen Rolant, rhyw lanc o rigymwr siriol
ddireidus, a ganodd y noson honno fel hyn:

> George Rhodric, druan, fynnai fynd i'r top;
> Ow! Er ei siomiant, rhoddwyd arno stop!
> Ond Jones a James a geid o isel fryd,
> I fyny â hwy! Pleidleisiem bawb i gyd;
>
> A Peter Watcyn, selog gyda'r mawl,
> I fynd yn uwch enillai yntau'r hawl;
> O Siorsyn, dysg dy wers: dos, dos i lawr
> Cân yn lle beio—felly doi di'n fawr.

(1878)

Siarad a Siaradwyr

A fydded i'r pennawd uchod anesmwytho dim ar ein brodyr y pregethwyr a'r darlithwyr, oblegid nid ydym yn bwriadu, ar hyn o bryd beth bynnag, sôn gair amdanynt, er, fel y gwêl y darllenydd sylwgar, eu bod hwy "yn gorwedd yn naturiol yn y testun." Bydd a fynno "ein hychydig sylwadau" â gwrthrychau llawer mwy diymhongar a chyffredin, y rhai a gyfarfyddwn nid yn y pulpud nac yn y neuadd gyhoeddus, eithr yn ein teuluoedd a'n crwydradau dyddiol. Yn yr ysgrif fer hon, ni all wn ychwaith ond prin gyffwrdd, llawer llai benderfynu, y pwnc pwysig, pa un ai y meibion ai y merched sydd yn siarad fwyaf a challaf? Ar y pen hwn, gallwn ddweud cymaint â hyn, fod y ddau ryw yn siarad gormod yn aml, ac mewn perthynas i gallineb, fod lle i welliant o'r ddwy ochr; ac hwyrach y buasai yn llawn mor briodol galw y dail ysgwyddedig hynny yn ddail tafod mab â'u galw yn ddail tafod merch, fel y gwneir yn gyffredin. Dywedai rhyw ddyhiryn pe buasai gan y merched ddau dafod—un o bobtu eu safn—y buasai yna lawer iawn i'w ddweud o bob ochr! Ond cofier mai dihiryn a ddywedodd. Nid anfynych y clywir saith neu wyth o ferched yn siarad i gyd ar unwaith, a phob un oddi wrth yn gallu cymryd i mewn yr oll o'r ymddiddan heb un anhawster. Dyma wybodaeth ry ryfedd i'r meibion: uchel yw—ni fedrant oddi wrthi! Mae hyn yn ffaith amlwg, fod mwy o siarad yn bod (ac o ysgrifennu hefyd o ran hynny) nag sydd o feddwl. Pe gwerthid dynion ar yr un egwyddor ag y gwerthwyd y *parrot* hwnnw gynt, sef fel un oedd yn meddwl llawer mwy nag oedd yn siarad, mae lle cryf i ofni mai llonydd a fyddai y farchnad.

Pwy ohonom nad yw yn cyfarfod yn feunyddiol â'r dyn sydd yn siarad gormod? Yr ydych yn ei gyfarfod yn aml yn y trên. Hwyrach eich bod wedi cymryd eich eisteddle o'i flaen ef. Yn y man, y mae yntau yn dyfod i mewn yn sydyn a ffwdanus, a chyn iddo eistedd i lawr, y mae wedi dweud "Bore da i chwi," wedi sylwi ar yr hin, ac ar ddiffygion yr orsaf, wedi dweud o ba le y daeth, i ba le y mae yn mynd, pa le y bu yr wythnos flaenorol, i bwy y mae yn perthyn, &c., a'r cwbl i gyd ar yr un gwynt; ac os ceisiwch roddi brawddeg i mewn eich hunan, bydd ef wedi ei gorffen cyn i chwi edrych o'ch cwmpas, ac yn carlamu yn ei flaen at rywbeth arall, tra y gorfyddir chwi i ymfodloni ar ddweud rhwng cromfachau, "Ho," ac "Ai e," ac "Felly yn wir." Wedi i chwi ymadael a'ch gilydd, ni wyddoch yn y byd mawr pa beth a fydd efe wedi ei ddweud, a'r unig effaith a fydd ei huodledd wedi ei wneud arnoch a fydd sŵn mawr yn eich pen, fel pe byddech newydd ddyfod allan o felin neu *factory* wlân.

Dosbarth arall llawn mor boenus i un fod yn eu cymdeithas ydyw y rhai tawedog—y rhai sydd yn siarad rhy ychydig. Nid ydyw distawrwydd bob amser yn arwydd o ddoethineb. Mae rhai yn ddistaw am eu bod yn yswil, ac eraill am nad oes ganddynt ddim i'w ddweud. Ni wyddom pa fodd y bydd y bobl dawedog yn teimlo eu hunain, ond ein profiad ni ein hunain ydyw, mai un o'r pethau mwyaf anffortunus a all ddigwydd i ddyn ydyw gorfod cydgerdded â'r cyfryw am saith neu wyth milltir, neu fod mewn ystafell heb neb ond hwy a chwithau yn bresennol. Nid gwaeth a fyddai i chwi ddisgwyl am gael plwm wedi i chwi gymryd cyfrannau mewn gwaith *mine* na disgwyl iddynt hwy gymryd rhan mewn ymddiddan. Eithaf eu huodledd ydyw dweud ei bod yn debyg i law, neu ei bod yn braf. Wedi i chwi wneud cais aflwyddiannus at bopeth ymron, nid oes genych ddim i'w wneud ond bodloni i fod yn ddistaw, a gwrando ar sŵn eich traed wrth gerdded, neu yr awrlais yn tician, nes y bydd y distawrwydd wedi mynd yn boenus, ac hyd yn nod yn drystfawr.

Dyna ddosbarth arall ydyw y siaradwyr clapiog. Mae y dosbarth hwn yn awyddus i siarad, ond eu bod yn ddiffygiol o allu. Fel y mae rhai pobl yn peidio tyfu pan yn bur ieuanc, felly hefyd y bydd rhai yn rhoddi heibio dysgu geiriau wedi gadael naw neu ddeg oed. Yr un geiriau sydd ganddynt i adrodd pob hanesyn, ac i fynegi pob teimlad. Yr un ugain gair bob amser, yn cael eu cynorthwyo gan yr ymadroddion, "ydach chi'n gweld," "wyddoch," "fel ynte," a "bethma." Os anturiant ddweud gair â mwy na dau sill ynddo, ond odid fawr na chânt godwm, ac y byddwch chwithau yn gorfod rhedeg i'w cynorthwyo i ddyfod dros gamfa y sill olaf! Ac eto maent yn gallu hacio trwyddi yn lled dda os cânt eu ffordd eu hunain. Ond yr aflwydd ydyw, os byddwch mewn brys, eich bod yn gorfod dweud hanner y stori eich hunan, er na fyddwch yn ei gwybod.

Ar gyfer y dosbarth a enwyd ddiweddaf, ac yn ffurfio math o eithafion iddo, y mae dosbarth arall a alwn y siaradwyr chwyddedig. Nodwedd arbenicaf y dosbarth hwn ydyw, eu bod yn siarad iaith na fedr meidrolion cyffredin ei deall. Mewn un ystyr, y maent yn debyg i Edward Green yn ysgol y Llan ers llawer dydd. Dywedai Edward wrth ei athro, gyda golwg ar ddarllen, nad oedd y geiriau bychain yn werth mynd i'r drafferth o'u dweud, ac fod y geiriau mawr yn rhy anhawdd eu dweud. Y mae y siaradwyr chwyddedig yn credu y rhan flaenaf o athrawiaeth Green, ond y maent ymhell o gredu y rhan olaf. Pe gofynnid i un o'r dosbarth hwn siarad iaith gyffredin y bobl, ystyriai hynny, yn ddiamau, "yn warthrudd oesol ar urddasolrwydd ei bersonoliaeth, ac annheilwng hollol o feddwl ar-ddansoddol, ac o un hyddysg mewn uchanianaeth. Yn hytrach na defnyddio ieithwedd dlodaidd a lliprynnaidd y bodau is-wybrennol, a elwir y werinos, dewisach a fyddai ganddo gael ei alltudio dros derfyn gylch y bydysawd, a threulio ei oes ar glogwyn y fall mewn pendristedd hunan-ymdeimladol, neu ei wneuthur yn nod i atgasedd y cydfyd." Rhywbeth tebyg i'r frawddeg ddiweddaf y byddant yn siarad yn gyffredin. Ond beth pe clywech chwi hwynt pan

fyddant wedi esgyn at yr aruchel? Ar y cyfryw adegau, yr
hyn sydd yn digwydd yn lled fynych, ni ddefnyddiant un
gair os na fydd yn ddigon o bryd i ddyn. O bob math o
siaradwyr, y rhai hyn ydynt y rhai mwyaf anhawdd eu
goddef. Mae eu clywed yn baldorddi yn ddigon a chodi
cyfog ar ddyn synhwyrol.

Ond rhaid i ni roddi terfyn ar ein llith, nid am nad oes
gennym ychwaneg i'w ddweud, ys dywedai Robert Thomas,
Llidiardau, oblegid gallesid dweud rhywbeth ar y siaradwyr
bonglerus, y rhai, fel Mrs. Partington, na fyddant byth yn
agor eu safn heb roddi eu troed ynddi, ac ar y siaradwyr
gorfanwl, y rhai a siaradant bob amser fel pe byddent yn
ymwybodol fod *reporter* yn gwrandaw arnynt. Gallesid
dweud rhywbeth ar siarad Cymraeg a Saesneg, siarad
cwmpasog, a siarad i bwrpas, siarad gwag, a siarad synnwyr,
siarad yn y wyneb, a siarad tu ôl i'r cefn, siarad maswedd, a
siarad er adeiladaeth. Onid ydyw Siarad a Siaradwyr yn
destun campus i wneud darlith arno? Dyna ddrychfeddwl
i'r rhai sydd â gwendid ynddynt yn y cyfeiriad hwnnw.
Cofiwn fod siarad dyn yn gyffredin yn dangos beth sydd
ynddo. Os cregyn fydd yn y cwd, cregyn ddaw allan. Dyma
gyngor Catwg Ddoeth, "Gofala beth y gwetych, pa fodd y
gwetych, pa le y gwetych, ac wrth bwy y gwetych."

Dyma a ddywed yr Hen Lyfr ar y pwnc o siarad:

"O helaethrwydd y galon y llefara y genau."

"O mor dda yw gair yn ei amser."

(1880)

Rhai o Fanteision Tlodi

Pan ystyriom mor ychydig ydyw manteision gwirioneddol y cyfoethog o'u cymharu â manteision lluosog y tlawd, mae yn rhyfedd y fath wanc sydd mewn dyn am fod yn berchen eiddo. Anfynych y cyfarfyddir â dyn tlawd sydd felly o ddewisiad; y mae naill ai wedi methu er ceisio, neu ynte wedi bod yn rhy ddifater neu wastraffus i fod yn gyfoethog. Ychydig ydyw nifer y tlodion, os oes rhai o gwbl, na lawenhaent yn fawr pe rhoddid ar ddeall iddynt y byddent yn gyfoethog, gan nad pa mor bell yn y dyfodol a fyddai hynny. Ond prin, debygid, y mae y rhagolwg am fod yn gyfoethog yn cyfreithloni dyn i lawenhau yn fawr. Cyfrifir yn gyffredin fod holl fanteision bywyd yn eiddo y cyfoethog, a'r holl anfanteision yn gynhysgaeth y tlawd; ond gwna ychydig ystyriaeth ddangos yn ddigon eglur, gallwn feddwl nad felly y mae pethau yn sefyll. Mae y nifer lluosocaf o'r manteision a gyfrifir sydd yn eiddo y cyfoethog yn ddychmygol, twyllodrus, a chyfnewidiol; felly hefyd o'r ochr arall y mae anfanteision y tlawd, gan fwyaf, yn ddychmygol, eithr yn barhaol. A ddeilliai rhyw les, tybed, o gredu peth fel hyn? Gwnâi yn sicr: byddem yn llai bydol ein hysbryd, ac yn fwy boddlon ar ein sefyllfa. Cyn lleied ohonom ni, y tlodion, sydd yn gallu edrych ar bethau yn eu goleuni priodol, fel y gwnaeth y llwynog hwnnw gynt, yr hwn wedi methu cael y grawnwin a ddywedodd eu bod yn surion! Mae un fantais yn eiddo y cyfoethog ag y byddai yn werth ymdrechu er mwyn ei meddu, sef y cyfleusterau sydd ganddo i wneuthur daioni. Mae hon yn fantais wirioneddol nad all y tlawd, debygid, feddu syniad priodol am y dedwyddwch a arlwya i'w pherchennog.

Dedwyddach yw rhoddi na derbyn. Dichon hefyd pan gyll y cyfoethog ei iechyd fod ganddo well gobaith am adferiad na'r tlawd, am y gall alw y meddygon gorau at ei wasanaeth, a chael popeth a fyddo yn gymwys i'w amgylchiadau. Ond y mae yr hunan a nodwedda y peth olaf yn cymedroli llawer ar rinwedd y fantais, oddigerth i ni ganiatáu fod sôn am fantais ar unwaith yn tybio hunanoldeb. Tybir yn gyffredin fod y cyfoethog yn cael mwy o barch na'r tlawd; ond camgymeriad mawr ydyw hyn. Y cyfoeth sydd yn cael parch, ac nid y cyfoethog. Difeddianner dyn o'i gyfoeth, ac fel rheol cyll ei barch yr un amser. Os parheir i'w barchu wedi iddo fynd yn dlawd, yna eglur yw nad fel cyfoethog y perchir ef. Mae lle i feddwl fod galwadau dyn yn mwyhau ac yn dwysau yn gyfatebol i'w gyflenwadau, ac fod cyfartaledd neu *ratio* ei hapusrwydd yn lled debyg ymhob amgylchiad. Nid oes un rheswm, am a wn i, dros feddwl fod hapusrwydd y dyn sydd yn cadw ceffyl yn fwy nac yn uwch nag eiddo y dyn sydd yn cadw mochyn, ac i ni gymryd i ystyriaeth yr holl brofedigaethau sydd ynglŷn â'r blaenaf. Pa fodd bynnag, y mae yn *policy* doeth yn y dyn tlawd i edrych ar ei sefyllfa fel y sefyllfa orau, a bod yn ddiolchgar amdani, yn enwedig os na fydd ganddo obaith am fod yn gyfoethog. Os oes rhyw swyn mewn hynafiaeth a lluosogrwydd cymdeithion, y mae gan y dyn tlawd yn anad neb le i ymfalchïo. Ymffrostia y *Free Masons* fod eu brawdoliaeth cyn hyned â dyddiau Solomon, ond gall y dyn tlawd olrhain ei achau cyn belled â Job, a dweud y lleiaf. Mae gan gymdeithas y tlodion gyfrinfa ymhob pentref a chymdogaeth trwy y byd adnabyddus, ac y mae manteision ei haelodau yn llawer. Nid oes byth berygl i'r llywodraeth fynd i chwilio i lyfrau ac amgylchiadau y dyn tlawd, ac nid ydyw byth dan demtasiwn i ddweud celwydd wrth roddi cyfrif o'i enillion blynyddol. Os gŵr ieuanc tlawd a chall ydych, arbedwch y drafferth o fynd

i'ch priodi, a'r helbul ar ôl hynny. Os merch ieuanc dlawd
ydych, ac os nad ydych yn nodedig o brydferth, byddwch
yn lled debyg o gael llonydd yn y byd drwg presennol—
ni aflonydda neb ar eich dedwyddwch—ni flina neb chwi
â llythyrau—ni lygadrytha neb ar eich ôl—ni chwilia neb
i'ch hanes—ni feirniada neb eich gwisg. Os digwydd i
chwi briodi, a hynny, wrth gwrs, gyda'r amcan o lluosogi
cymdeithas y tlodion, ni raid ymorol am weision a
morwynion. Mae sefyllfa y cyfoethogion yn hynod o
druenus ynglŷn â'r peth hwn. Beth all fod yn fwy o
flinder i ŵr neu wraig na chlywed y forwyn, yr hon a
gafwyd drwy fawr drafferth, wedi iddi fod gyda hwynt
am dri diwrnod, yn rhoddi mis o rybudd am fod gormod
o waith iddi i'w wneud, neu rhy ychydig o fwyd iddi i'w
gael, neu am na chaiff aros allan hyd ddeg o'r gloch ar y
nos? Beth gynhyrfa dymherau dyn yn fwy na phan fydd
arno angen am y gwas, ac na fedr wneud hebddo—iddo
ei gael wedi meddwi ac yn cysgu yn y gwellt yn yr ystabl?
Arbeda y tlawd yr holl helbul hwn. Ni raid iddo gadw ei
hun yn effro drwy y nos, er mwyn galw y forwyn i gyfodi
yn ddigon bore—ni raid iddo gadw dryll llwythog yn
nhop y tŷ rhag ofn lladron—ni raid iddo yswirio ei dy.
Os digwydd iddo fynd i'r gwely heb gofio cloi y drws,
raid iddo ddim codi, oblegid nid oes ganddo lawer i'w
golli—bydd popeth yn eu lle yn y bore. Nid oes ganddo
ystafell y bydd raid iddo fynd iddi yn ei *slippers* neu yn
nhraed ei hosanau rhag ei llygru—nid yw y piano byth yn
mynd allan o gywair—hyd nes y bydd ei badell ffrïo—os
bydd yn feddiannol ar un, wedi llosgi yn dwll. Arbeda y
tlawd y drafferth o fynd i lawr ac i fyny y seler, oblegid
nid oes ganddo un, a phe buasai ganddo un, ni fuasai dda
i ddim ond i ysbrydion drwblo ynddi. Ni raid i'r tlawd
anfon ei blant gan' milltir oddi cartref i goleg neu *boarding
school,* er mwyn iddynt anghofio iaith eu mam, a dysgu
siarad iaith na fedr ef mo'i deall, a dysgu rhodres fydd yn

gwneud pobl gall yn sâl. Gall ddyfalu ar ddwywaith beth a gaiff i'w ginio os nad biff eidion, mae yn sicr mai "biff y filain" fydd, yr hyn o'i gyfieithu yw bacwn! Ond nad ofelwch, mae ganddo ystumog fel cyllell, a chalon fel llew. Anaml y mae yn *bilious*, ac ni ŵyr fod ganddo yr hyn a eilw y cyfoethog yn *constitution*. Nid yw byth mewn penbleth pa ddillad i'w gwisgo. Dywedai cyfaill wrthyf y dydd o'r blaen, os mynnai ef gael suit o ddillad yn ei goffr, y byddai raid iddo eistedd yn ei grys ar y caead, neu ynte fynd i'r gwely, a'r cwrs olaf a gymerai bob amser pan fyddai wedi gwlychu at y croen, yr hyn a ystyriai ef yn fantais fawr. Os tlawd ydych, ni wna neb eich gorbrisio—ni wna neb gamgymryd eich erwau am eich synnwyr—na'ch arian am eich cymeriad. Pan glafychwch, ni chewch eich blino â llawer o ymwelwyr; a phan ewch i farw, ni fydd angen am i chwi wneud ewyllys, ac ni chaiff neb ei siomi ar eich ôl. O sefyllfa hapus, pe baem ond yn gweld hynny!

Hwyrach fod y darllenydd yn meddwl mai cellwair yr ydym; ond mewn difrifwch, y mae gan y tlawd lawer o fanteision gwirioneddol, a champ fawr bywyd ydyw bod yn ddedwydd, a'r unig ffordd i fod yn ddedwydd ydyw trwy fod yn dda, defnyddiol a bodlon. Os ydym yn awyddu am fod yn gyfoethog er mwyn bod yn fwy defnyddiol, purion; ond am bob amcan arall ynglŷn â chyfoeth, hunan ydyw o'r top i'r gwaelod. Nid ydyw hapusrwydd o angenrheidrwydd yn eiddo y cyfoethog mwy nag yn eiddo y tlawd; ac os byddwn sobr a diwyd, heb fod yn gybyddlyd a bydol, yr ydym yn lled debyg o gael ein cadw rhag angen, a chael ein rhan o ddedwyddwch y byd hwn. Dywedai un ei fod wedi dysgu bod yn fodlon ymhob sefyllfa. Pe buasai y darllenydd yn byw yn yr oes o'r blaen, ac iddo fod wedi digwydd myned i Lundain, ac i heol neilltuol yno, ac oherwydd fod y lle yn ddieithr, iddo fethu cysgu, a phe buasai yn clustfeinio yn oriau mân y bore, gallasai glywed dau ddyn yn cerdded yr heol, gan siarad a chwerthin yn uchel. Pwy oeddynt? Wel, neb llai na Dr. Samuel Johnson, a'i gyfaill Savage, yn cerdded yr ystrydoedd drwy y nos, am nad oedd dwy geiniog a dimai—yr hyn oll a feddent rhyngddynt yn ddigonol i sicrhau llety iddynt! Ac eto, yr oeddynt yn gallu chwerthin yn galonnog. Nid ydyw y mawrion bob amser yn gyfoethog. Darllenasom am Un nwy na Dr. Johnson yn rhodio ystrydoedd dinas enwog arall, heb le i roddi ei ben i lawr.

(1880)

Llythyr fy Nghefnder
(Y ddwy ochr i'r cwestiwn)

Yn awr pan y mae ymron ymhob tref, treflan, cymdogaeth a chwm ysgoldai cyfleus ac ysgolfeistri cymwys i gyfrannu addysg; a phan y mae y *School Attendance Officer* yn dilyn sodlau ac yn torri ar chwareuon plant gyda eu bod wedi gadael bronnau eu mamau, a chyfraith wrth ei gefn i'w gorfodi i fynd dan hyfforddiant; pan nad allwn, fel y dywed rhai, gau ein llygaid ar y ffaith fod yr iaith Saesneg yn ymledu ymhob man, yn hydreiddio ein cymoedd, ein cynulleidfaoedd, a'n teuluoedd, a bod hyd yn nod William Cadwaladr, o'r Tŷ Calch, yn ein hannerch gyda'i "gŵd mornin," a'i "gŵd neit," yn lle bore da, a nos dawch; a bod hyd yn nod Mrs. Prys o'r Siop Fach yn sôn yn barhaus am yr angenrheidrwydd am "Inglis Côs"—hwyrach nad anniddorol gan y darllenydd a fydd y llythyr canlynol o eiddo Fred, fy nghefnder, gan ei fod yn traethu ar bwnc pwysig i ni fel Cyfundebau Crefyddol Cymreig. Dylwn ddweud fod Fred yn dipyn o wag; ond yr wyf yn credu ei fod yn gristion cywir, yn genedlgarwr, ac yn bendifaddau, yn enwad-garwr.

Llety'r Llenor, Tresaeson
Hydref

FY ANNWYL GEFNDER,—

Yr wyf wedi cymryd fy ngwynt yn lled hir cyn ateb dy lythyr; ond yn dâl am hynny cei epistol mor faith y tro hwn fel na fydd arnat angen am un arall, mi gredaf, am blwc. Gofyn yr oeddit pa fodd yr oedd yr Achos Saesnig yn dyfod ymlaen yma, a pha beth a fy "witsiodd i fwrw fy nghoelbren gyda'r Hengistiaid dienwaededig?" Gan i ti ofyn, a gofyn mewn ffurf nad ydyw, a dweud y gorau, yn gefnderol, chwaethach brawdol, yr wyf yn teimlo rhwymedigaeth arnaf gymryd pwyll, a gosod o dy flaen yn deg sefyllfa pethau ynglŷn â'r Achos Seisnig yn Nhresaeson; ac hefyd adrodd wrthyt am yr hyn a fy "witsiodd" i gymryd y cam a gymerais, a fy mhrofiad mewn canlyniad. Gwn dy fod yn Gymro o'r gwraidd i'r brig, ond nid ydwyt waeth am hynny. Rhwng cromfachau, megis, y Cymro ydyw y crefyddwr gorau a welais i hyd yn hyn; a pho fwyaf yr ymrwbiaf yn y Saeson yma, mwyaf oll o *grit* Cymreig a deimlaf. Wel, y mae Tresaeson yn wahanol iawn i'r hyn ydoedd pan oeddit ti a minnau erstalwm yn mynd gyda'n gilydd i'r seiat plant, a phan fyddai dy fam yn gwau hosan wrth fynd i a dyfod o'r capel ar noson waith, a phan fyddai hi adegau eraill yn mynd dros nos yng ngwagen Plas Coch i Sasiwn y Bala, a phan nad oedd yn yr Eglwys Sefydledig yma ond gwasanaeth Cymraeg yn unig. Pan ddaeth y *railway* i'n tref, daeth y Saeson gyda hi i edrych ansawdd y wlad, a chawsant hi, tebygid, yn dda odiaeth, a'i thrigolion yn dra choelgrefyddol, tebygasant hwy. Ymsefydlasant yn ein plith ac adeiladasant dai iddynt eu hunain. Tynasant i lawr ein siopau, a gwnaethant rai mwy, gyda *plate glass windows*. Nid hir y buont heb ffurfio *Gas Company*, Mwy o oleuni! meddynt. A'r bobloedd a welsant oleuni mawr. Daethant yma fel *Commercial Missionaries*; ond yn wahanol i'r cenhadon a anfonwn ni i'r India—yn lle dysgu ein hiaith, gwnaethant i ni ddysgu eu hiaith hwy. A'r barbariaid a fuont garedig iddynt, gan roddi croeso i'w hefengyl. Dysgasant i ni pa fodd i fyw—pa beth i'w fwyta ac i'w yfed. Toc iawn bu farw ein cyd-drefwr, Mr. Llymru, ac yn fuan wedi hyn cymerwyd ei frawd Uwd yn wael, ac anfynych y gwnâi ei ymddangosiad. Addysgwyd ni hefyd gan y Saeson am wir amcan gwisgo, sef mai er ymddangosiad, ac nid er clydwch, yr ydoedd. Troesai eu merched allan yn fain eu gwasg, ac yn fingaead, penuchel, plyfog, blodeuog, a serch-hudol. A meibion Duw a briodasant ferched dynion. Nid ar unwaith, wrth gwrs, y cymerodd y pethau hyn le; ond felly y bu; ac nid ydyw yr hyn a nodais ond tameidyn o'r cyfnewidiadau a gymerasant le er pan aethost di oddi yma.

Ond ti a ddywed, Pa beth oedd a wnelo hyn â'r capel Cymraeg? Hyn: Gwelsom yn fuan ogwydd yn ein pobl ieuainc i efelychu y Saeson, yn gyntaf yn eu rhagoriaethau, sef i ddal eu pennau i fyny, i gerdded yn gyflymach, ac i wisgo yn dwtiach; yna yn eu ffaeleddau, sef i fod yn fwy cymhenllyd, cellweirus, a di-hidio am bawb; yna yn eu ffolineb, sef i gredu fod y Sais wedi ei wneud o well clai na'r Cymro, ac fod cymaint o wahaniaeth rhyngddynt ag sydd rhwng potiau Bwcle a *porcelain* Stoke-upon-Trent. Yr wyf yn meddwl mai ein rhïanod teg a argyhoeddwyd gyntaf o hyn: ac mor fawr oedd y gyfaredd, fel yr hudwyd rhai o'u mamau i'w rhagrith hwy. Teg ydyw dweud fod yma rai cannoedd na phlygasant eu gliniau i Baal Saeson, ac a lynasant yn glos wrth eu proffwyd Taliesin a'i arwyddair, "Eu hiaith a gadwant." Ond nid allem beidio sylwi, ymlaenaf oll, fod ein plant yn mynd yn fwy carbwl wrth adrodd eu hadnodau yn y seiat, ac fod acen Seisonig ar eu lleferydd. Gofidiai hyn fi yn fawr. Aeth pethau ymlaen yn y modd yma am y rhawg; a deallais yn y man fod yn ein cynulleidfa amryw ieuenctid heb ddeall ond ychydig o Gymraeg, ac yn treulio eu Sabothau yn ddi-fudd, os nad rhywbeth gwaeth na hynny. Perthynai y dosbarth hwn i'r rhai mwyaf cefnog o'n haelodau, a mwyaf esgeulus am roddi magwraeth grefyddol i'w plant gartref. Deuent i'r moddion yn *stately* ddigon; ond yr oedd yn amlwg i'r hwn a sylwai ar eu hwynebau gwag, a'u gwaith yn edrych o'u cwmpas yn ystod y moddion, nad oeddynt yn deall ond ychydig o'r bregeth, ac yn hidio llai na hynny. Yr wyf yn meddwl i mi ac eraill wneud ein rhan i annog rhieni i siarad Cymraeg gartref er mwyn eu plant, gan geisio dangos nad oedd berygl iddynt fod yn waelach Saeson o'r herwydd. Ond y mae arnaf ofn mai ychydig fendith a fu ar ein siarad. Yr wyf yn cofio am un bore Saboth, pryd yr oedd ein gwasanaethu yr hwn, ti a addefi, a'i gymryd drwodd a thro, ydyw y pregethwr mwyaf poblogaidd yn sydd yn perthyn i'r Cyfundeb. Oedfa anghyffredin ydoedd; un o'r hen oedfeuon Cymreig, pryd yr oedd yn orchest peidio gwaeddi "Diolch!". Yr oedd edrych o'r sedd fawr ar y gynulleidfa wedi cael llenwi eu genau â chwerthin a'u llygaid â dagrau, yn fforddio cymaint o fwynhad i mi ag oedd gwrando'r bregeth. Ar fy nghyfer gwelwn ferch ieuanc oddeutu ugain oed, yr hon a wyddwn a gawsai addysg dda, ac a berthynai i'r dosbarth y cyfeiriais ato yn barod. Edrychai fel pe buasai wedi ei syfrdanu; ac ofnwn—pe buaswn yn ofni hefyd—ei chlywed yn torri allan i waeddi. Fel y digwyddai fod, cydgerddwn â hi o'r oedfa. Gofynnais iddi—yn Saesneg wrth gwrs—pa fodd yr oedd yn hoffi y bregeth? Torrodd i wylo yn hidl; a thybiais fod y bregeth wedi cael yr effaith ddymunol arni. Ond wedi tawelu ychydig, ebe hi:

"Mae arnaf gywilydd cyfaddef; ond y gwir ydyw, nid oeddwn yn deall ond ychydig iawn o'r bregeth. Gwyddwn fod rhyw ddylanwad rhyfedd yn cydfynd â geiriau y pregethwr; gwelwn hynny ar wynebau y gynulleidfa, a theimlwn rywbeth yn fy ngherdded dros fy holl gorff, ac yn cyffwrdd â fy nghalon; ond ni wyddwn beth ydoedd. Ar y pryd buaswn yn rhoddi popeth ar fy helw am fod yn alluog i ddeall beth oedd yn mynd ymlaen; oblegid credwn fod mwynhâd y rhai oeddynt yn deall Cymraeg yn werthfawr iawn. Ond ni allwn; ac nid wrth fy nrws i mae'r holl fai yn gorwedd. Gwyddoch mai Saeson gwael ydyw fy rhieni, ac na fedrant siarad hanner dwsin o frawddegau heb wneud camgymeriadau dybryd. 'Everythink' a ddywed fy nhad bob

amser am 'everything' , 'silling' am 'shilling,' ac 'ôl' am 'all.'
Ac er ei fod wedi rhoddi addysg dda i mi, ac na fuasai
berygl i mi beidio dysgu Saesneg, ac er mai i'r capel
Cymraeg yr oeddem fel teulu yn mynd bob Saboth,
Saesneg, y fath ag ydoedd, a glywais i erioed gartref. Yr
wyf yn teimlo fy mod wedi treulio fy Sabothau am ugain
mlynedd yn ofer; ac yr wyf yn ofni mai i'r un peth y gellir
priodoli dirywiad fy mrawd hynaf a'i ddifaterwch hollol
ynghylch pethau crefyddol. Erbyn hyn, yr wyf yn meddwl
mai y peth gorau i mi a fyddai myned i Eglwys Loegr, neu
at y Wesleyaid Seisnig. Ni allaf oddef bod fel hyn yn hwy."
Yr oeddwn wedi fy synnu. Credwn bob amser fod Miss
Jones—oblegid dyna oedd ei henw—yn deall Cymraeg, er
nad oedd yn ei siarad. Nid allwn ddygymod â meddwl iddi
hi ymadael a'n Cymundeb. Gwyddwn ei bod yn alluog i
ddarllen Cymraeg yn rhugl, a gofynnais iddi a oedd hi yn
awyddus i ddeall yr hen iaith annwyl. Atebodd nad oedd
dim a hoffasai yn fwy.

"Yna," ebe fi, "mi a'ch cynorthwyaf." Ac felly y
gwneuthum. Cyn i ni ymadael â'n gilydd y bore hwnnw,
rhoddais iddi ychydig gyfarwyddiadau. Anogais hi i ddarllen
yn ddi-ffael bob dydd adnod neu ddwy o'r Bibl Cymraeg,
neu ynte chwe' llinell o unrhyw lyfr Cymraeg a ddewisai, a
mynnu gwybod, gyda chynorthwy Geir-lyfr Cymraeg a
Saesneg, ystyr pob gair nad oedd yn ei ddeall. Nid oedd i
roddi heibio ei gwaith hyd yn nod ar y Saboth: yr oedd i
ysgrifennu o leiaf ddwsin o eiriau nad oedd yn eu deall yn
y pregethau a wrandawai, ac i chwilio i'w hystyr cyn myned
i orffwyso. Digwyddwn fod yn Arolygwr yr Ysgol Sul y
pryd hwnnw; ac ymhen ychydig wythnosau llwyddais i osod
Miss Jones yn athrawes ar dwr o blant bach lle yr oedd i
siarad Cymraeg, a dim ond Cymraeg. Ymgymerodd â'r
cyfan yn galonnog. A gredu di? Yr oedd Miss Jones yn
Gymraes ragorol mewn llawer llai na blwyddyn! A rhag i mi
anghofio dweud hynny eto, mae Miss Jones wedi glynu hyd

y dydd hwn wrth yr achos Cymraeg, ac yn aelod ffyddlon a defnyddiol. Ond nid i'w rhieni y mae diolch am hynny.

Bu cyfaddefiad Miss Jones o'i hanallu i ddeall Cymraeg yn achlysur i mi wneud ymchwiliad gydag eraill a dybiwn eu bod mewn sefyllfa gyffelyb; a dychrynwyd fi gan y nifer a gyfaddefent yn rhwydd nad oeddynt yn deall ond ychydig o'r hyn a âi ymlaen ym moddion gras. Cefais allan hefyd eu bod yn druenus o anwybodus ym mhethau'r Bibl. Yr oeddwn yn selog dros y Gymraeg, mor selog ag wyt tithau yn awr, a thybiais gan i mi lwyddo gyda Miss Jones y gallwn lwyddo gydag eraill. Yr oedd gennyf ffydd yn fy ngallu perswadiol, ac ymegnïais i'w hannog a'u cyfarwyddo i ddysgu eu mamiaith. Ond buan y di-dwyllwyd fi. Yr oeddynt yn rhy ddifater a mursennaidd i ymgymeryd â dim llafur, ac nid ystyrient fod y *game* yn werth y gannwyll. Ni wnaeth fy sêl dros y Gymraeg ond peri iddynt fingrychu yn anwesog, a thrydar am "*English cause.*" Beth oedd i'w wneud? Yn yr ystâd yr oeddynt ynddi, nid oeddynt nemor well na *respectable heathens* mewn pethau crefyddol. Pa un ai yn gam ai yn gymwys ni wn; ond yn fy sêl dywedwn wrthynt mai gwell o lawer, yn hytrach nag ymfodloni ar eu sefyllfa, a fuasai iddynt ymuno â'r Wesleyaid Seisnig, neu ynte fynd i Eglwys Loegr, neu hyd yn nod fynd at y Pabyddion. Edrychent arnaf fel un a f'ai yn ynfydu; ond, Duw â ŵyr, yr oeddwn yn credu yr hyn a ddywedwn, oblegid sicr oeddwn nad oedd ganddynt ddrychfeddwl am y gwahaniaeth hanfodol rhwng Methodistiaeth a Phabyddiaeth, ond yn unig iddynt glywed, a bod yn eu pennau ryw *vague idea* fod y Pabyddion yn addoli Mair a'r seintiau. Yr oedd Eglwys Loegr y pryd hwnnw yn hanner gwag, ac felly yr oedd capel y brodyr Wesleyaid Seisnig; ac er na wyddai y cyfeillion ieuainc yr wyf yn sôn amdanynt ystyr y geiriau *predestination* a *ritual*, ac er nad ydyw yn hanfodol bwysig, yn ôl fy marn i, gyda pha enwad crefyddol y cedwir dyn am y cedwir ef, gwell oedd ganddynt ddilyn y moddion yn y capel Cymraeg fel delwau dienaid na gadael yr Hen Gorff; a'u trydar beunyddiol, fel y dywedais, oedd am "*English cause.*" Yr oedd amryw yn cyd-drydar â hwy, yn enwedig eu rhieni, y rhai a fuasent ar hyd y blynyddoedd yn rhy ddifater i feddwl am les ysbrydol a thragwyddol eu plant, fel ag i'w gwneud yn gydnabyddus â'r iaith y proffesent addoli Duw ynddi.

Heblaw hynny, yr oedd rhywrai o'r tu allan i ni, o'r ardaloedd pell, yn edrych arnom drwy ysbienddrych, ac yn cymryd diddordeb llosgol yn ein llwyddiant ysbrydol, ac yn garedig iawn yn galw sylw y Gymdeithasfa at ein sefyllfa a'r perygl yr oeddem ynddo o golli ein holl aelodau, y rhai, meddent hwy, oeddynt yn mynd drosodd yn lluoedd at enwadau eraill o ddiffyg achos Seisnig Methodistaidd, er na wyddem ni yma am un enghraifft o hynny. Maentumiant y gwyddent ein hanghenion yn well na ni ein hunain. A nifer y rhai a'u credasant oedd ugain a phump.

Gwelwn fod y teimlad yn aeddfedu i gael achos Seisnig; ond ni ddychmygais y buasai a wnelwyf fi ddim ag ef, a hynny oherwydd y rhesymau canlynol: yr oedd fy ymlyniad yn fawr wrth yr achos Cymraeg. Yr oedd fy ysbryd hefyd wedi sori wrth weled cymaint oedd y difrawder a'r amddifadrwydd hollol o ysbryd llafur meddyliol a chrefyddol a nodweddai y rhai oeddynt fwyaf selog dros y symudiad. Wrth edrych ar ein hen achosion Seisnig ar hyd y Goror, a meddwl am eu hystâd wywedig, amheuwn a oedd gennym y *genius* at y gwaith, ac ai ni fyddem fel Methodistiaid wedi cyflawni ein rhedegfa, ac wedi llenwi y cylch y bwriadwyd ni iddo gan Ragluniaeth pan ddarfyddai yr iaith Gymraeg, os oedd i ddarfod hefyd. Ond pa beth oedd i'w wneud â'r Paganiaid Methodistaidd? Yr oedd yn gwestiwn difrifol. Penderfynais na fyddai i mi wrthwynebu y symudiad Seisnig, rhag fy mod yn ymladd yn erbyn Duw; ond ni ddangosais unrhyw sêl o'i blaid am yr un rheswm.

I dorri fy ystori yn fer—drwy gymhelliad taer a dirwasgiad y pelledigion, penderfynwyd cael achos Seisnig;

ac o herwydd fy mod yn Sais gweddol, gwnaed apêl selog ataf i ymuno â'r *pioneers*. Ufuddheais o gydwybod, ac nid o dueddfryd. Rhoddwyd *cheers* i ni gan y pelledigion, yr hyn oedd galonogol. Wel, fy *idea* i am gychwyn achos oedd dechre drwy gynnal cyfarfodydd gweddïo, ac Ysgol Sul, a theimlo ein ffordd yn raddol. Ond llefai eraill am gael sicrhau gwasanaeth *great guns* yr enwad er mwyn gwneud *good start*, ac ardrethu ystafell gyhoeddus tra y byddid yn adeiladu capel costus; a'u llefau hwynt a orfuant, a chyhoeddwyd ein hanes yn yr holl newyddiaduron Cymreig. Yr wyt yn hysbys ddigon o'r cyfnod hwn yn ein hanes, ac felly nid ymhelaethaf, fel y dywed y pregethwyr.

Yn awr adroddaf wrthyt fy mhrofiad ynglŷn a'r achos Seisnig. Nid ydyw yn helaeth na hirfaith, ac hwyrach y dywedai rhywrai nad ydyw i ddibynnu arno. Pa fodd bynnag y mae "dweud profiad" yn nodweddiadol o Fethodist Calfinaidd; ac os nad ydyw yn brofiad uchel nid ydyw hynny ychwaith yn ddieithr i ni, yr Hen Gorff.

Dyma fy mhrofiad a'm credo. Credaf ei bod yn ddyletswydd arbennig ar bob Cymro yn y dyddiau hyn feddu y wybodaeth helaethaf sydd yn bosibl iddo o'r iaith Saesneg, a hynny o herwydd rhesymau rhy lluosog i'w henwi. Credaf hefyd nad ydyw yr holl resymau hyn gyda'u gilydd yn ffurfio un rheswm dros iddo beidio bod yn Gymro da, ac na fydd ei ofal am fod yn gyfarwydd yn iaith ei fam yn un rhwystr, eithr yn hytrach yn help iddo, ddysgu Saesneg. Y teuluoedd yr wyf fi yn gydnabyddus â hwynt yn Nhresaeson sydd wedi gofalu dysgu Cymraeg i'w plant ydynt y Saeson gorau o'r Cymry, yn ddiddadl. Addefaf yn rhwydd ein bod yn llafurio dan anfantais i gadw ein hiaith yn fyw. Un o geidwaid iaith lafaredig ydyw ei llenyddiaeth ysgrifenedig. Pa beth a ddaethai o'r Saesneg pe buasai ei llenyddiaeth yn gyfyngedig i'r Piwritaniaid, ei philosophyddion, a'i hesgobion? A ydyw ieuenctid Lloegr yn gyffredinol yn darllen Goodwin, Howe, Locke, a Stuart

Mill? Ac a ellir disgwyl i lanciau a lodesi Cymru yn gyffredinol ddarllen *Traethodau* Dr. Edwards, *Emmanuel* Hiraethog, *y Gwyddoniadur*, a llyfrau sylweddol Dr. Hughes? Y plant a biau *Trysorfa y Plant* a llyfrau cyffelyb. Ac y mae y syniad wedi mynd ar led—pa fodd, ni wn—mai i'r pregethwyr, a'r blaenoriaid, a'r bobl dduwiol, y bwriedir y *Drysorfa* fawr, y *Dysgedydd*, &c. Pa ddarpariaeth sydd gennym ar gyfer y werin ddigrefydd, a'n pobl ieuainc a fynnent gael darllen rhywbeth? Mae ein llenyddiaeth yn rhy unrhywiol, *classic*, trom, a phrudd. Yn eisiau: llyfrau Cymraeg Cymreig—gwreiddiol, swynol, hawdd eu darllen, ond pur ac adeiladol. Mae yn yr iaith Saesonaeg doreth o'r cyfryw.

Credaf hefyd fod mewn rhai lleoedd, o herwydd eu hamgylchiadau neilltuol, wir angen am achos Seisnig Methodistaidd, ac fod ein harweinwyr sydd yn fyw i'r angen hwn yn onest yn eu sêl ac yn haedda parch dauddyblyg. Tra yn dywedyd fel hyn, yr wyf yr un mor argyhoeddedig fod achos Seisnig wedi ei sefydlu mewn mwy nag un man gan y Methodistiaid a'r Annibynwyr heb ddim mwy yn galw amdano na rhodres a mursendod hanner dwsin o bersonau bydol a choegfalch, y rhai a ystyriant wybodaeth amherffaith o'r Gymraeg yn barchusrwydd, os nad yn rhinwedd hefyd. Gwyddost nad ydwyf yn Eisteddfodwr, ond nid wyf yn cymryd clod i mi fy hun am hynny. Mae amcan gwreiddiol yr Eisteddfod, sef amaethu talent a chenedlaetholdeb, i'w edmygu. Yn ôl fy marn i, y mae i bob cenedl dan y nef ei harbenigion nodweddiadol; ac ni all golli y rhai hynny heb ar yr un pryd golledu y byd, a rhoi cam yn nghyfeiriad unrhywiaeth dof, oer, masw, ac annaturiol. Dyletswydd pob cenedl ydyw ymaflyd ym manteision dysg a gwareiddiad; ond os esgeulusa ac os diystyra hi ei nodweddion cenedlaethol, y mae yn dianrhydeddu yr Hwn a'i gwnaeth yn genedl. Duw a wnaeth o un gwaed bob cenedl o ddynion. Wel, y mae arnaf ofn nad ydyw cenedlgarwch a iaithgarwch yn cael eu meithrin gennym ynglŷn â'n crefydd. Pe dangosasid gan ein Cyfundeb hanner y sêl dros y Gymraeg ag a ddangoswyd dros yr achosion Seisonig, a phe treuliasid hanner yr arian a dreuliwyd i'r un perwyl i gynhyrchu chwaeth Gymreig, buasai y ffrwyth, mi gredaf, yn anhraethol fwy gwerthfawr. Pa beth a enillasom yn grefyddol drwy ddygiad i mewn yr elfen Seisnig? Llawer ymhob rhyw fodd y *Penny readings* a andwyasant ein cyfarfodydd llenyddol, y cyngerdd gwagsaw, y *Bazaar* ("Nodachfa," bondigrybwyll!) a'r hap chware— "yr elw at ddyled y capel." Treth eglwys mewn triagl! Pa beth a gollasom? Maent yn rhy lluosog i'w henwi. Ond y pennaf peth a gollasom ydyw chwaeth at bopeth diwinyddol a Biblaidd.

Mae tuedd yr oes ieuanc at yr hyn sydd yn costio lleiaf o lafur, yn enwedig mewn llenyddiaeth; ac nid oes gennym yn Gymraeg y ddarpariaeth a ddylasai fod gennym ar ei chyfer; ac esgeulusir yr iaith, a chollwn ninnau y cyfleustra i ennill ambell un i gydio mewn pethau mwy sylweddol a thrwm. Ni raid i mi ddweud wrthyt fy mod yn ffieiddio *scurrility*. Nid oes gennyf gydymdeimlad â'r rhai a siaradant yn isel am weinidogion y gair, ac a ddiystyrant fugeiliaeth eglwysig, Ond y mae arnaf ofn—gobeithiaf fy mod yn methu—fod tuedd yn yr achosion Seisnig yr wyf fi yn gydnabyddus â hwynt i anwybyddu (yr wyf yn defnyddio y gair hwn er mwyn dangos i ti nad wyf yn esgeuluso fy Nghymraeg!) nodweddion Methodistiaeth. Yr ydym rywfodd gyda'r Saesneg yn colli ein nodwedd werinol, ac yn prysur fynd i grefydda *by proxy*. Mae y gweinidog Seisnig fel cloc wyth niwrnod yn mynd, mynd; ac os digwydd iddo fod eisiau ei *windio*, ni ŵyr neb faint ar y gloch ydyw. Efe, wrth gwrs, sydd yn pregethu, ac weithiau yn cyhoeddi, ac yn fynych iawn yn dechre ac yn diweddu yr ysgol. Pen draw hyn fydd clerigiaeth, ac ni wna hynny y tro, mi gredaf, i'r Cymry. A sôn am yr Ysgol Sul, yma drachefn yr ydym yn colli ein nodwedd Fethodistaidd. Mae gan y Saeson ffordd fwy rhagorol. Os ânt i'r nefoedd—ac y maent yn sicr yn eu meddyliau eu hunain yr ânt—bydd i Mr. Charles ofyn am *apology* ganddynt. Ni fynychir yr ysgol ond gan y plant ac ychydig athrawon. Mae ein haelodau parchusaf wedi dysgu eu gwala o'r Bibl, ac ar brynhawniau Suliau gorweddant ar eu hesmwyth—feinciau ar ben eu digon. Dyma'r gwir, lladded a laddo. Ac mi glywais frawd o'r capel Cymraeg yn dweud fod y cyfeillion hyn wedi dysgu cast i'r Cymry, a'u bod yno hefyd erbyn hyn yn dechre barnu pa beth ydyw sefyllfa fydol dynion yn ôl fel y byddont yn dyfod neu yn peidio dyfod i'r Ysgol Sul. Ond y nhw a ŵyr am hynny. Nid wyf am sôn dim am y seiat Saesnig caiff honno siarad drosti ei hun.

Gyda'r achos Seisnig, pan ddigwyddo i bregethwr gael ei gymryd yn wael, neu ynte iddo dorri ei gyhoeddiad, ni welaist di 'rioed 'siwn fyd fydd yma, yr hela a'r howla a fydd am ryw *sort* o bregethwr. Ac os digwydd i'r gair fynd allan na ddaw y pregethwr i'w gyhoeddiad, ni welaist erioed gynifer o'n haelodau fydd yn *indisposed!* Yr ydym yn teimlo rywfodd yn y capel Seisnig yma nad ydyw yn bosibl mynd ymlaen am un Saboth heb bregethwr; ac oherwydd hynny byddwn yn cael pob math o lefarwyr, a chymaint o amrywiaeth yn ystod blwyddyn ag oedd yn llenlliain Pedr. Ym misoedd yr haf cawn ambell bregethwr ardderchog; ond y rhan fynychaf rhai yn "treio'u llaw" at y Saesneg a gawn. Wel, y mae hyn yn peri i mi feddwl fod perygl i'n hachosion Seisnig fod yn amlach na'n pregethwyr Seisnig, ac fod eisiau rhoddi y *brake* ar y cyntaf, a *steam* ar yr olaf. Nid oes amheuaeth yn fy meddwl, fod yn rhaid i ni wrth yr achosion Seisnig; ond nid wyf yn gweld hyd yn hyn fod y *supply* yn cyfarfod y *demand* sydd ym mynwesau rhai brodyr selog ac annwyl.

Dywedais ar y dechre y buaswn yn cymryd pwyll; ond ti a weli mai "ar draws ac ar hyd" yr ysgrifennais; a gwn y buasai llygad llai Cymroaidd na'r eiddot ti yn canfod ambell dwll yn fy malad. Gyda'r achos Seisnig y mae fy llinynnau, a chyda hwn yr wyf bellach yn penderfynu aros; ond pe buasai pawb fel myfi, ni fuasai achos am yr achos hwn, a buasai ein breintiau, mi gredaf, yn llawer uwch. Mae fy nghariad at efengyl Duw yn Gymraeg yn mynd yn ddyfnach bob dydd. Mae rhyw bethau estronol yn dyfod i'n plith sydd yn trethu ein hiaith i ffurfio geiriau newyddion, megis "nodachfa" a'r cyffelyb; ond y mae meddwl a bwriadau Duw at fyd pechadurus yn gorwedd yn esmwyth a naturiol yn ei breichiau, ac yn cynghaneddu yn hyfryd â'i holl seiniau gwreiddiol a dymunol, fel pe buasai yr Anfeidrol Ddoeth wrth ein ffurfio yn genedl â'i lygad arnom fel dewisol bobl i fynegi ei ddadguddiedigaethau Ef. Yr wyf yn cydnabod ac yn mawrhau defnyddioldeb a chyfoeth dihysbydd y Saesneg ynglŷn â masnach a llenyddiaeth; ond pe byddai raid i mi gredu fod dyddiau ymadroddion Dwyfol y Bibl Cymraeg, y rhai sydd wedi ymgyfrodeddu â ni fel cenedl, a hymnau ysbrydoledig Pantycelyn, Ann Griffiths, ac Edward Jones, Maesyplwm, wedi eu rhifo, oerai fy nghalon ynof. Ond nid wyf yn gweld argoel o hynny. Er dyddiau'r dreth cyfododd gau broffwydi lawer, ac a fuont feirw; ond y mae yr hen iaith yn arddangos cymaint o ynni ag erioed. Mae iddi ddyfodol disglair, mi gredaf. Erbyn hyn y mae tywysogion a mawrion yn ei hastudio; a phwy ddydd yr oeddwn yn clywed eu bod yn sôn am ei dwyn i mewn i'n hysgolion dyddiol? Ac ai gwir yr ystori a glywais fod Cymry Llundain yn sôn am anfon cenhadon i ddysgu Cymraeg i drigolion Cwmcadach-llestri? Gwnâi hyn les, yn ddiamau. Pa fodd bynnag erfyniaf arnat i barhau yn dy sêl i ennyn chwaeth Gymreig yn y Cymry Methodistaidd, a'u hannog i beidio dilyn esiampl Richard John Davies, Ysw., yr hwn a aeth i Lundain erstalwm â'i drwyn o fewn llathen i gynffon llo. Wel, yr un modd a chyda phob symudiad cenedlaethol arall, rhaid i ni a'r Annibynwyr gymryd y blaen i osod ein

wyneb yn erbyn dwyn i mewn yr arferion gan y Saeson sydd
yn niweidiol i grefydd, megis gwneud yr Ysgol Sabothol yn
sefydliad i blant yn unig, &c. Mae'r Eisteddfod wedi
dirywio i fod yn lle i Gymry wyntio eu Saesneg, ac i ennill
gwobrwyon am ganu; ac os cyll y pulpud a'r Ysgol Sabothol
eu nodweddion Cymreig, byddwn yn fuan wedi ein llyncu i
fyny gan Ddicsiôndafyddiaeth. Pell y bo'r dydd!—

Yr eiddot yn gywir,

FRED.

(1885)

Atgofion am Glan Alun

Ni all tref hynafol y Wyddgrug, ysywaeth, ymffrostio ei bod wedi magu llawer o enwogion, hyd yn nod yn yr ystyr Gymreig o'r gair *enwog*. Wrth borth gogleddol Eglwys y plwyf gorwedda gweddillion y gwir enwog Richard Wilson, y *landscape painter*—neu *The English Castle*, fel y gelwid ef. Ofnwyf na ŵyr cant o drigolion y Wyddgrug fod llwch un o arlunwyr pennaf y byd, yn ei ddosbarth, mor agos atynt. Gan mor ddiaddurn ydyw ei feddrod, mae lle i dybied yr anghofid y ffaith yn llwyr, oni bai fod disgyblion y brws a'r malet yn dyfod yma ar bererindod, yn awr a phryd arall, i adrodd tu paderau ar "fan fechan ei fedd." Oddeutu blwyddyn yn ôl, daeth yma bedwar o wŷr ieuainc eiddil, wyneb-lwyd a gwallt-laes, rai ugeiniau o filltiroedd o ffordd, o bwrpas i weld bedd Wilson. Yr oedd yr olygfa yn un i'w chofio. Yr oedd eu brwdfrydedd yn ymylu ar wallgofrwydd. Dolefent yn uchel, a gorweddent ar a chofleidient a chusanent ei feddfaen, a'u dagrau yn llifo i lawr eu gruddiau! Rhoed ar yr ysgrifenydd i geisio cyfieithu yr englynion canlynol sydd ar garreg bedd Wilson; a chan nad pa mor amherffaith y cyflawnodd efe y gorchwyl, derbyniodd ddiolchiadau cynnes yr arlunwyr ieuainc:—

> O foreu 'i yrfa eirian—rho'i oleu
>   Ei athrylith allan;
> Darluniai, dilynai, 'n lân,
> I'r linell ar ôl anian.
>
> Yn llaw ei oes bu'n llesol—dyg iddi
>   Deg addysg gelfyddol:
> A'i gywir waith geir o'i ôl
> A synna'r oes bresennol.—*Ioan Madog*

Ond nid oedd Wilson yn frodor o'r Wyddgrug, nac o Sir Fflint, eithr o Sir Drefaldwyn. Treuliodd flynyddoedd olaf ei oes yn y Colomendy, ger y Wyddgrug. Dichon i rai o'r darllenwyr fod yn teithio rhwng y Wyddgrug a Rhuthun, ac iddynt sylwi ar *sign* tafarndy, yn agos i Lanferes, o'r enw *Loggerheads*. Wilson a'i paentiodd. Er fod yr awdur wedi marw yn y flwyddyn 1782, daliodd ei baent ar *sign* y *Loggerheads* erwindeb pob tywydd, heb dderbyn nemor niwed, hyd yn ddiweddar; ac hyd yn nod heddiw nid ydyw glaw a drychin can' mlynedd a mwy wedi ei lwyr ddileu. Yr wyf yn cofio, pan oeddwn hogyn, fod gan Jonathan Price, Ponterwyl—yr hwn oedd yn byw yn y drws nesaf ond un i'r tŷ lle y ganwyd ac y magwyd John Blackwell—ddarlun o Bacchus, o awduriaeth Wilson. Benthyciasai Mr. Jones, y Turf—tipyn o arlunydd hunanddysgedig—y darlun, er gwneud copi ohono; ac fel cydnabyddiaeth am garedigrwydd Jonathan Price, yr oedd Mr. Jones wedi rhoddi cot o *varnish* ar y darlun. Toc wedi hyn digwyddai fod Mr. Williams, *artist*, Caernarfon, i bregethu yn y Wyddgrug. Rywbryd cyn myned i'r gwely nos Sadwrn, aeth Mr. Williams i sôn am Wilson, ac am yr arian mawr a roddid y pryd hwnnw am unrhyw beth o'i waith; ac ebe ei letywr wrtho:

"Mae yma saer maen, a chanddo ddarlun o waith Wilson."

"Beth!" ebe Mr. Williams. "Darlun o waith Wilson gan saer maen? Caiff dri chant o bunnau amdano!"

Yn gynnar fore Llun aeth Mr. Williams i Bonterwyl. Ond, och! pan welodd efe y darlun, torrodd allan mewn tymer gyffrous:

"Mr. Price, pwy oedd yr ynfytyn afu yn rhoi *varnish* ar eich darlun? Oni bai am y *varnish*, cawsech dri chant o bunnau amdano; ond yn awr mae yn amheus gennyf a gewch chwi bunt."

Mawr oedd gofid Jonathan Price am garedigrwydd Jones y Turf. Yn *Y Geninen* am yr Hydref diwethaf dyry

Mr. D. Emlyn Evans atgofion blasus a chryno am un o frodorion y Wyddgrug, sef Mr. J. Ambrose Lloyd; ac y mae arnaf flys ychwanegu un gair atynt. Ymddengys fod Mr. Evans yn petruso ynghylch oedran Mr. Lloyd pan gyfansoddodd efe y dôn "Wyddgrug." Ond clywais y diweddar Mr. Edward Drury—yr hwn a fu yn ddechreuwr canu gyda'r Methodistiaid am yn agos i haner can' mlynedd, a chan yr hwn y cafodd John Lloyd y wers gyntaf mewn cerddoriaeth—clywais, meddaf, Edward Drury yn dweud, fwy nag unwaith, mai un-flwydd-ar-bymtheg oedd oedran Mr. Lloyd pan gyfansoddodd efe y dôn boblogaidd grybwylledig. Mae hon yn ffaith hynod yn hanes J. Ambrose Lloyd; a chymaint ydoedd diddordeb Edward Drury yn ei ddisgybl ieuanc, fel nad oedd fodd iddo fethu yn ei dystiolaeth. Yr Edward Drury hwn oedd wr geirwir; ac efe ydoedd tad Mr. Robert Drury, Liverpool, yr hwn yntau nid ydyw anenwog fel cerddor.

O amser John Blackwell i lawr at ddyddiau John Prince, ni fu y Wyddgrug yn brin o feirdd—ffaith, hwyrach, y gellir ei haeru am bob tref Gymreig. Nid wyf yn meddwl am osod Prince ar waelod y rhestr; na, canodd ef lawer o linellau *epigrammatic* iawn; a thra y pery ystranciau cloc y Groes, adroddir dwy linell John Prince:

Yn nhref y Wyddgrug mae cloc anghall—
Wyth un ochr, a naw ar y llall!

Druan oedd Prince! Gan nad pa fodd y bu efe byw, a chan nad pa faint o'i waith a erys ar gof a chadw, bu efe ei hun farw y Medi diwethaf fel bardd—yn dlawd a gresynus, heb ddim ar ei elw ond drychfeddyliau! A pha faint mwy a fydd gan y cyfoethocaf ymhen ennyd? Yn nghesail coffadwriaeth John Blackwell a Glan Alun yn unig, mi debygaf, y cedwir enw y Wyddgrug yn fyw, yn yr oesoedd a ddêl, yn y byd llenyddol Cymreig, am fod yn eu gweithiau hwy y peth hwnnw—ni wn ei enw—yr hwn, unwaith y genir ef, ni wêl farwolaeth yn dragywydd. "Y peth yma," ebe Pedr ar ddydd y Pentecost, am nad oedd ganddo enw i roddi arno. Wel, y mae "y peth yma" yn bod mewn llenyddiaeth, na allwn ei ddarnodi; ond o'r hwn yr ydym ni oll yn dystion! Yn y *Dysgedydd*, am Ionawr, 1879, ceir, gan y prif-fardd Gwalchmai, atgofion am Glan Alun, ynghyd a rhai sylwadau beirniadol ar ei weithiau. Ond ni feddyliodd Gwalchmai, yr wyf yn sicr, ei fod, yn yr ysgrif honno, yn gwneud mwy na thynnu ei het, wrth fynd heibio, i goffadwriaeth ei gyfaill, i aros rhywbeth teilyngach o un a wnaeth gymaint i ddiddanu a dyrchafu ei genedl. Ond y mae agos i ugain mlynedd wedi myned heibio er pan gasglwyd Glan Alun at ei dadau, a'r deyrnged eto heb ei thalu. Dywedwyd wrthyf, y dydd o'r blaen, mai pobl grefyddol iawn ydym ni y Cymry; ond mai "talwrs" drwg ydym. Byddai yn burion i ni ymofyn yn ystyriol ai gwir y dystiolaeth hon? Ac a ydyw yr un nodwedd yn glynu wrthym mewn mwy nag un ystyr? Pa fodd bynnag, i aros nes cael erthygl deilwng ar Glan Alun, rhoddaf yma ychydig o fy atgofion personol amdano.

Yr argraff gyntaf a wnaeth efe ar fy meddwl oedd ei fod yn ddyn hyll a phrysur. Ac felly yr oedd efe. Yn hawdd y gallasai Glan Alun ddweud, fel y dywedodd y diweddar Barch. Thomas John, Cilgerran—wrth edrych arno'i hun yn y drych:

"Wel, Arglwydd, mi obeithiaf y cei Di dipyn o ogoniant wrth 'y nghadw i, achos ches Di damaid o hynny wrth 'y nghreu i!"

Nid oedd pabell Glan Alun yn gredyd yn y byd i'r adeiladydd; ac oni bai i'r olaf ofalu am denant da iddi, buasai perygl iddi gael ei gadael yn wag a gwrthodedig drwy holl gylch abred! Gyda wyneb heb fod o gwbl yn serch-hudol, yr oedd ei gorff ymhell o fod yn gyfluniaidd. Yr oedd ei freichiau fel pe buasent wedi eu gadael iddo mewn llythyr cymun rhyw berthynas ymadawedig; a'i ddwylo, y rhai oeddynt bob amser cyn oered â llysywen-bendell, yn hollol amddifad o *grip*. Nid hardd ychwaith ydoedd y coesau, oblegid yr oeddynt fel yr eiddo Bendigo, yr hen ymladdwr, yn curo'r penliniau, ac yn troi'r traed allan. Buasai yn anhawdd taro eu perchennog i lawr.

Gwisgai Glan Alun ffroc côt, yr hon a fyddai bob amser wedi ei botymu—nid gyda'r amcan o ymddangos yn fwy golygus—ni fuasai peth felly yn croesi ei feddwl ef, eithr, yn hytrach, mi debygaf, er mwyn hel ei hun ato. Cerddai yn brysur, fel pe buasai yn ceisio dal amser; ac ar yr un pryd ymddangosai yn absennol ei feddwl, ac na wyddai yn y byd mawr ym mha le y gallai ei ddal. Cerddai fel dyn o fusnes, ac edrychai fel bardd. Ac fel yr ymddangosai, felly yn hollol yr oedd efe. Yr oedd Glan bob amser yn llawn busnes a ffwdan—dros ei ben a'i glustiau yn y byd; ond yr oedd lle i gredu mai ei *system of political economy*, yn ôl yr hon y triniai efe ei amgylchiadau, oedd—rheolau barddoniaeth! Cafodd addysg dda, a chychwyniad rhagorol mewn bywyd—masnach wedi ei sefydlu, eiddo, ac arian. Ar un adeg bu yn cadw siop fferyllydd; a chymhwysodd ati, debygid, reol y gynghanedd-groes-o-gyswllt-ewinog; ac ni thalodd yr anturiaeth. Bu yn ganhwyllwr; a chollodd lawer o arian yn y "toddeidiau." Bu yn trin fferm yn "draws fantach;" a suddodd fwy o eiddo ynddi nag a gafodd byth allan ohoni. Bu yn "braidd gyffwrdd" ag amryw bethau eraill; ac yn ddiweddaf oll bu yn *commercial traveller*, yn ôl rheolau llac y mesurau rhyddion! Am ran fawr o'i oes, fel *padding* i'w amryw orchwylion eraill, pregethai yr Efengyl ar y Sabothau.

Pa beth bynnag a wnâi ei law, gwnâi y cyfan fel bardd; ac fel gwir fardd Cymreig, gwyddai Glan Alun yn burion pa fodd i wario arian; ond am wneud arian, yr oedd hon yn wybodaeth rhy ryfedd iddo ef. Gwelodd lawer tro ar fyd: ac anfynych y darfu i'r byd drwg presennol chwarae cynifer o branciau gyda neb ag y darfu gydag ef. Yr oedd efe yn byw bob amser yn y garet neu yn y seler; a hyn oedd yn rhyfedd —pa beth bynnag a fyddai y *"grand prospect,"* ys dywedai yntau, neu y brofedigaeth lem, gallai Glan eistedd i lawr ynghanol trwst byddarol ei blant, ac ysgrifennu dernyn o farddoniaeth neu erthygl i newyddiadur. Cofus gennyf fynd i'w dŷ un canol dydd, a hon oedd yr olygfa a welais:—ei *housekeeper* ar ei gliniau yn glanhau yr aelwyd— dau o'i blant, a dau o'u cymdeithion, yn chwarae yn drystfawr ar lawr y gegin—a Glan yn eistedd mewn cader ddwyfraich, ac â bwrdd o'i flaen, yn cyfansoddi *"Pregethwr y Bobl,"* fel pe na buasai yn ymwybodol fod neb yn yr ystafell ond efe ei hun!

Er maint a gurwyd arno gan y byd, ei awen o hyd oedd hoywdeg; ac y mae i bob dernyn o'i waith, ymron, ei achlysur a'i hanes priodol a diddorol ei hun. Gallasai efe adrodd llinellau Blackwell fel ei brofiad—

> Ac os bydd pigyn dan fy mron
>   Yn gwneud i'm calon guro,
> Ni wnaf, nes torro'r wawrddydd hael,
>   Ond canu, a gadael iddo.

Bywyd o golli, i raddau mawr, oedd ei fywyd ef : colli masnach, eiddo, sefyllfa, a pherthnasau; ond erioed ni chollodd ei awen, ei foneddigeiddrwydd, na serch na pharch ei gyfeillion. Yr oedd ei ledneisrwydd a'i ddiniweidrwydd tryloyw yn gorchfygu pob rhagfarn, ac yn rhyfeddu ymlyniad pawb wrtho. Ond yr oedd yn rhaid mynd *at* Glan Alun i allu ei hoffi. *Distance lends enchantment to the view*—nid oedd wir amdano ef. Agosaf yr aed ato, gwychaf oll ydoedd. Ni byddai byth yn darnguddio ei hun. Yr oedd ei du mewn—yr ef ei hun—mor amlwg a'i du allan. Nid oedd gronyn o ddichell, nac hyd yn nod o gyfrwystra, ynddo; ac, ysywaeth, credai fod pawb o'i gwmpas yn gyffelyb iddo ef ei hun. Pan ddywedodd cyfaill wrtho fod ei was yn ei ysbeilio, ac yn gwneud mwy o elw o'r fasnach nag oedd ef ei hun yn ei wneud, ni chredai, ac ni chredodd hyd y diwedd, er fod hynny yn ffaith amlwg i eraill. Credai yng ngonestrwydd dynion; ac oherwydd hynny amgylchynwyd ef gan ladron a charnladron. Yr oedd amryw yn ei "wneud;" ond ni welai efe hynny. Y fath anghysondeb! Efe—yr hwn a arddangosai adnabyddiaeth helaeth o'r natur ddynol, ac a allai chwarae ar dannau manaf a thyneraf y galon—oedd cyn ddalled â Bartimeus i'w fudd ei hun. Ei gred ddiysgog—fod pawb mor onest a didwyll ag ef ei hun—ydyw y prif reswm, mi debygaf, am fethiant ei holl anturiaethau. Ei ddirodres-rwydd a'i ddiniweidrwydd plentynnaidd a alluogai ei gyfeillion i wrando arno yn canmol ei waith ei hun, heb iddynt feddwl llai ohono. A chanmol ei waith a wnâi efe yn fynych ddigon. Lawer tro y gwahoddodd efe fi i'w dŷ i wrando arno yn darllen rhyw ddernyn newydd o'i eiddo; a mynych yr arhosai ar y canol i ddweud—"On'd ydio'n *splendid?*"

Mwynhâi ei waith ei hun yn gymaint, os nad yn fwy, nag y gwnâi neb arall. Yr oedd ei gyfansoddiadau yn wledd ddanteithiol ganddo; ac os cyfarfyddai ag ambell un nad arddangosai yr unrhyw werthfawrogiad, rhoddai ei enw i lawr ar restr yr ynfydion. Nid yn fuan yr anghofiaf y noswaith pryd y gwahoddodd Glan Alun nifer ohonom i dŷ ei gyfaill, yr hen lanc, Mr. Robert Price, *currier*, i wrando arno yn darllen ei *Ail Dridiau yn Llandrindod*, cyn ei anfon i'r *Traethodydd*. Yr oedd gwrando ar Glan yn darllen y *Tridiau*, ac yn enwedig ei sylwadau eglurhaol rhwng cromfachau, yn *treat* o'r fath orau. Taenai yr ymenyn yn dew ar y frechdan y noson honno; a mwynhaodd llond ystafell ohonom ein hunain tu hwnt i bopeth. Ond yr hwn oedd yn mwynhau mwyaf ar y *Tridiau* oedd Glan Alun ei hun; a chwarddai nes oedd y dant pellaf yn ei ben yn weledig.

Prif nodwedd ei athrylith, mi debygaf, oedd *parodrwydd*. Anfynych yr hir-fyfyriai efe ar unrhyw bwnc; ac hyd yn nod pan wnâi efe hynny, nid oedd cynnyrch y myfyrdod yn rhagori nemor ar yr hyn a gynhyrchid ganddo yn ddifyfyr. Yr oedd ei bregethau yn ddestlus a swynol; ac, fel rheol, nid oeddynt ond diwrnod oed. Cymaint oedd ei drafferthion bydol fel mai nid peth anghyffredin oedd ei weld, yn hwyr nos Sadwrn, yn ymlwybro yn brysur i dŷ ei gyfaill, y Parch. Roger Edwards, i ymofyn am *"dextiau"* erbyn y Saboth. Clywais Mr. Edwards yn adrodd ei fod ef a Glan Alun, un tro, yn mynd gyda'i gilydd i Sasiwn. Ar y ffordd, ebe Mr. Edwards,

"Mr. Jones, mae yn lled debyg y bydd y cyfeillion yn eich cyhoeddi i bregethu yn y Sasiwn."

"Tybed, Mr. Edwards?" ebe Glan. "Wel, does gen i na *thext* na phregeth."

"Dyma i chwi destun," ebe Mr. Edwards,—gan nodi yr adnod, a chan awgrymu pennau i'r bregeth. Wedi mynd i'r Sasiwn, cyhoeddwyd Glan Alun i bregethu; a phregethodd yntau ar y testun a gawsai ar y ffordd; ac, yn ôl tystiolaeth pawb oedd yn gwrando, honno oedd y bregeth ragoraf a gafwyd ganddo erioed.

Yr oedd yr un mor barod gyda'i ysgrifeniadau. Ysgrifennai oddi ar y *reel*, fei y dywedir. Ni fyddai raid iddo ond eistedd i lawr, a gafael ymhen yr edau, a dyna hi yn syth—heb grafu pen na chyfrif bysedd. Nid oedd ball ar ei barodrwydd ar yr esgynlawr. Deuai i gyfarfodydd cyhoeddus â'i wynt yn ei ddyrnau; ac, yn fynych, heb wybod ymlaen llaw am natur y cyfarfod. Os byddai Glan yn bresennol gelwid arno i siarad; ac, ymron yn ddieithriad, ganddo ef y ceid yr araith odidocaf. Yr oedd ei barodrwydd a'i fedrusrwydd i siarad Cymraeg neu Saesneg—heb fod ganddo ddewis pa un—yn ei wneud yn drefnwr defnyddiol a phoblogaidd; a gadawodd wacter ar ei ôl na lanwyd mohono hyd heddiw. Ond yr oedd y parodrwydd hwn o'i eiddo yn peri ei fod weithiau yn ddiofal am ffeithiau, ac yn ei arwain i brofedigaeth a helynt. Dywed Gwalchmai, yn yr atgofion y cyfeiriwyd atynt eisoes, "Yr oedd gan Mr. Jones dalent o gymhwyster arbennig i ymddangos ar y fanllor fel gwleidyddwr ar bynciau cyhoeddus y dydd: profodd hyn mewn etholiad yn Swydd Fflint, pan yn wynebu holl allu y Prif Weinidog enwog."

Cyfeirio y mae Gwalchmai at yr ysgarmes a fu rhwng Glan Alun a Mr. Gladstone, pan oedd yr olaf yn cynorthwyo ymgeisyddiaeth ei frawd-yn-nghyfraith, Syr Stephen Glynne, yn Swydd Fflint. Clywais hefyd Gwilym Hiraethog yn cyfeirio at yr un amgylchiad, ac yn dweud fod Glan Alun wedi rhoi y fath "gweir" i Mr. Gladstone nad anghofiai mohoni tra fyddai byw. Mae geiriau o'r fath yn swnio yn dda, yn enwedig mewn atgofion am gyfaill o Gymro,; ac nid gorchwyl pleserus ydyw lleihau dim ar eu melystra. Unig fai, neu o leiaf, bai mawr yr orchest a briodolir i Glan Alun, yn y ffrwgwd honno gyda Mr. Gladsone, ydyw—*nad ydyw yn wir.* Digwyddwn fod yn y cyfarfod y cyfeirir ato; ac y mae gennyf gof byw amdano; ac yr wyf yn sicr y cofiodd Glan Alun am ei gyfarfyddiad â Mr. Gladstone hyd ei ddydd olaf, gan nad pa mor dda a fuasai ganddo ei ddileu o'i gof. Un o'r siaradwyr gwaelaf fu erioed ar esgynlawr oedd Syr Stephen Glynne; a siaradai Mr. Gladstone y cyfan, ymron, drosto. Ni raid hysbysebu y darllenydd nad oedd Mr. Gladstone, y pryd hwnnw, yn enwog fel Rhyddfrydwr, er fod yn amlwg, oddi wrth ei atebion i gwestiynau a roddwyd iddo yn y cyfarfod y cyfeirir ato ei fod yn tueddu y ffordd honno. Pan oedd Mr. Gladstone yn siarad, gwaeddodd George Roberts, y teiliwr, arno—"*Who took the duty off soap?*"

"*I did,*" ebe Gladstone, "*to wash thy dirty face.*"

"*Why did you resign your post in the Government, and abandon the ship in the storm?*" ebe George drachefn, ac ebe Mr.

Gladstone, "*Because the Government went to war without the consent of Parliament.*"

Mewn araith alluog dadleuai Mr. Gladstone gymhwyster Syr Stephen i fod yn aelod seneddol dros Swydd Fflint, gan draethu yn bennaf ar ei rinweddau fel cymydog, a'i amrywiol elusennau, heb nodi un yn benodol. Wedi iddo eistedd i lawr, gwthiwyd Glan ar yr esgynlawr, yn erbyn ei waethaf, gan ei gyfeillion Rhyddfrydol. Wrth gwrs, siaradodd Glan yn huawdl. Adroddodd amryw chwedlau anffafriol i Syr Stephen, y rhai a glywsai gan hwn a'r llall; a diweddodd drwy ddweud fod mynegiadau Mr. Gladstone am haelfrydigrwydd Syr Stpehen yn "*false*".

Buasai yn well iddo beidio. Tra yr oedd Glan Alun yn siarad, sibrydai y llywydd—sef Mr. Cain Parry—yng nghlust Mr. Gladstone gymaint ag a allai o hanes y siaradwr. Cododd Gladstone i ateb; ac yr wyf yn cofio yn burion ei frawddeg gyntaf, "Yr wyf yn deall," meddai, "fod y bonheddwr—" (gan roddi pwyslais ar y gair) "—sydd newydd eistedd i lawr yn Weinidog yr Efengyl; ac fel Gweinidog yr Efengyl, buasid yn disgwyl oddi wrtho ryw gymaint o barch i'r gwirionedd." Yna aeth Mr. Gladstone ymlaen i sylwi yn fanwl ar y chwedlau anffafriol bob yn un ac un, gan eu chwalu i'r pedwar gwynt, nes nad oedd edafedd ohonynt yn aros. Wedi gwneud hyn, aeth dros weithredoedd da Syr Stephen; ac wedi nodi un, gan roddi yr holl fanylion—y dyddiad, y lle, a'r amgylchiadau—troai at Glan Alun, yr hwn a eisteddai o'r tu ôl iddo; a chyda gwên wawdlyd a gwywol, gofynnai—"*Is that false?*" Ac felly, gyda phob ffaith a brofai, troai at Glan, a gofynnai unwaith ac eilwaith—"*Is that false?*" Nid oedd gan Glan, druan, ddim i'w wneud ond suddo i'w ddillad mewn cywilydd, a bod yn fud! Dyna ydoedd y "cweir" a gafodd Gladstone gan Glan Alun! Ond nos drannoeth, yng nghyfarfod Arglwydd Mostyn, yr oedd Glan Alun wedi atgyfodi, ac yn ei hwyliau gorau, yn "*substantiato*," chwedl yntau, ei holl haeriadau y dydd blaenorol. Mae yn wir nad oedd Mr. Gladstone yn y cyfarfod hwn: yr oedd y gath oddi cartref, a'r llygod yn cael chwarae!

A ydyw'r amgylchiad hwn yn peri i ni feddwl llai o Glan Alun? Nac ydyw, mi gredaf: ni feddyliodd efe am gystadlu gyda Mr. Gladstone ar y llwyfan; ac nid agorasai efe ei enau, yr wyf yn meddwl, yn y cyfarfod y cyfeiriwyd ato, oni bai iddo gael ei wthio ymlaen; ac wedi mynd ymlaen, yr oedd yn rhaid dweud rhywbeth. Dywedwyd Lawer o bethau ynfyd gennym ni y Cymry; ond un o'r pethau ynfytaf a ddwedwyd erioed gennym ydoedd fod Glan Alun wedi rhoddi "cweir" i Mr. Gladstone. Pwy a saif o flaen brenin?

Yr oedd Glau Alun yn un o feibion glewaf Cymru, ac yn ŵr o athrylith ddiamheuol—yn llawn o arabedd a natur dda. A phan ystyriwn ei amrywiol drafferthion a'i aml brofedigaethau, mae yn syndod na fuasent wedi rhydu ei dalentau, a marweiddio ynddo bob chwaeth at lenyddiaeth ddielw.

(1886)

Yn y Capel (*Y Siswrn*)

Yr ydym yn gorfod credu mai ychydig yw y rhai sydd yn meddu disgyblaeth a meistrolaeth hollol ar eu meddyliau a'u myfyrdodau; ac ychydig hefyd, tebygaf, ydyw y rhai sydd yn ymwybodol cyn lleied o'r gallu gwerthfawr hwn y maent yn feddiannol arno. Nid ydyw diffyg disgyblaeth meddwl yn dyfod yn fwy i'r golwg yn unman nag yn yr addoldy; a buom yn rhyfeddu lawer gwaith fod yr amlygiad ohono heb ddyrysu y pregethwr, a pheri iddo yntau fynd yn grwydredig ei feddwl.

Rhoddwn ein hunain am funud yn lle y pregethwr. Dacw fo wedi cau ei hun i fyny yn y pulpud ar fur pellaf yr addoldy. Mae efe yn awr yn darllen y bennod, fel nad ydyw, o drugaredd, yn gallu gweled yr hyn sydd yn cymryd lle o'i flaen. Y mae oddeutu dwy ran o dair o'r gynulleidfa arferol eisoes yn eu heisteddleoedd, ac y mae y rhan arall yn dyfod i mewn drib-drab, fel y dywedir. Y mae un yn dyfod i mewn trwy y drws ar y dde—nid mor ddistaw ag y gallai, y mae yn wir—ond gyda ei fod yn y golwg, y mae yr holl gynulleidfa ag sydd yn gallu ei weld yn troi eu llygaid ato, ac yn cadw eu llygaid arno nes iddo gyrraedd ei eisteddle, a rhoi ei het yn ei lle priodol gyda'r hwn orchwyl y bydd ystŵr nid ychydig, weithiau. Ac wedi iddo roddi ei ben i lawr, neu ynte roddi ei law ar ei dalcen, bydd y gynulleidfa wedi darfod gydag ef. Gyda bod hyn drosodd, y mae dynes barchus yn dyfod i mewn, trwy y drws ar yr ochr chwith; ac er ei bod yn aelod ffyddlon o'r gynulleidfa, a phawb yn ei hadwaen yn dda, eto y mae yn rhaid i'r gynulleidfa gael edrych arni hithau, a'i dilyn â'u llygaid nes y bydd wedi eistedd i lawr, fel pe byddent yn ofni ei bod er y Saboth blaenorol wedi anghofio pa le yr oedd ei heisteddle arferol. Os bydd ambell un yn para i ddyfod i mewn ar ôl dechre y bregeth, bydd y gynulleidfa yn ymddwyn yn gyffelyb at y rhai hynny.

Yn hyn oll, y mae lle i gredu nad ydyw y gynulleidfa yn gyffredinol yn ymwybodol o'u hymddygiad, a llawer llai o wrthuni y peth; ond i un fydd yn y pulpud neu y sêt fawr, y mae yr olygfa yn ddigrifol ac anweddaidd. Ac mor ddi-ddisgyblaeth ydyw meddw dyn yn gyffredin fel y gwna y trwst lleiaf, a'r amgylchiad distadlaf, dynnu ei sylw oddi ar yr hyn a ddywed y pregethwr. Dim ond i blentyn bach waeddi, a gwelir yr holl gynulleidfa bron yn troi eu llygaid i chwilio plentyn pwy ydyw, er aflonyddwch i'r pregethwr, a phoen dirfawr i fam y bychan, yr hon sydd yn gwrido ac yn chwysu dan lygaid anfoddus y gynulleidfa. Ni wnâi sŵn plentyn bach beri llawer o ddyryswch i'r addoliad oni byddai fod y gwrandawyr yn tynnu eu sylw oddi ar y pregethwr, ac yn ei osod ar y plentyn, ac o ganlyniad yn peri i'r pregethwr anghofio ei lith. Os digwydd i'r nwy fod â gormod o *force* arni, ac i frawd caredig frysio i wastadau y goleuni, pa raid sydd ar y gynulleidfa adael i'r pregethwr rwyfo ymlaen ei hun, a gwneud eu hunain yn oruchwylwyr ar y dyn sydd yn ceisio cywiro y gwall, i weled a ydyw yn gwneud yn iawn ai peidio? Bydd ambell un yn yr addoliad yn gwneud sŵn uchel trwy ei ffroenau gyda chynhorthwy ei gadach poced; ac er nad ydyw y dyn ond yn awgrymu i'ch meddwl y gwnaethai aelod rhagorol mewn seindorf bres, eto rhaid i'r gynulleidfa gael edrych arno!

Hwyrach, wedi ystyried, fod y pethau y cyfeiriwyd atynt yn arwydd o lawn cymaint o ddiffyg defosiwn ag ydyw o ddiffyg disgyblaeth meddwl. Cadarnhëir hyn, yr ydym yn meddwl, ar adeg y weddi. Pe byddai i un wneud ei hun yn sylwedydd am dro, yn lle yn addolwr, pan fydd y pregethwr yn gweddïo, gymaint o ddiffyg defosiwn a ganfyddai yn ymddangosiad llawer o'r dyrfa. Canfyddai fod y nifer lluosocaf â'u pennau i lawr, neu o leiaf ar ffurf ag sydd yn dangos eu bod yn ceisio cydweddïo â'r pregethwr; ond canfyddai hefyd, ddosbarth arall ag y mae eu hymddangosiad yn dangos yn amlwg fod eu meddwl yn hollol ddieithr i'r weddi. Bydd wyneb ambell un yn dangos cymaint o wacter a syrthni nes peri i un amau a ydyw yn ymwybodol o gwbl pa beth sydd yn mynd ymlaen. Bydd eraill i'w gweled â'u llygaid yn cyniwair drwy y dorf i archwilio dillad eu cyd addolwyr. Ac yn wir, y maent yn cael digon o wrthrychau gwerth syllu arnynt yn y ffordd hon, oni bai fod y lle a'r amser yn anghyfaddas. Gallwn edmygu gwisgoedd gwerthfawr a gweddus cystal ag un dyn; ond onid oes lle i ofni fod llawer merch ieuanc, er hwyrach yn ei diniweidrwydd, ac yn ddiarwybod o anweddusrwydd y peth, yn edrych ar yr addoldy fel rhyw fath o *exhibition*, lle y mae ganddi *stall* i ddangos ei nwyddau, y rhai na chaiff neb eu rhagori hyd y mae yn ei gallu hi. Pa ryfedd os na fedrir dweud ar ôl dyfod allan o'r addoldy pa beth oedd y testun, heb sôn am y bregeth? Pa ryfedd fod llawer yn mynychu ein capelydd heb ddeall y gwasanaeth, ac yn tyfu i fyny heb wneud un ymdrech at hynny? Pa ryfedd os ydyw y pregethwr yn gorfod gofyn yn feunyddiol, "Pwy a gredodd i'n hymadrodd?" Yr ydym yn addef y gall un ymddangos yn bur ddefosiynol, ac eto fod ei ysbryd ymhell oddi wrth y pethau Dwyfol, ac i un arall ymddangos yn bur aflêr a'i enaid yng nghanol y pethau. Ond eithriadau ydyw y rhai hyn; ac yr ydym yn credu fod hyfforddiant mewn astudrwydd a gweddusrwydd yn yr addoliad cyhoeddus wedi ei esgeuluso yn fawr gennym. Dylid, ar bob cyfrif, beidio rhoi un achlysur i arwain y meddwl oddi wrth ysbryd y weddi a mater y bregeth. Dylai y neb sydd yn dyfod i'r moddion ar ôl i'r gwasanaeth ddechre fynd i'w eisteddle mor ddistaw ag y mae yn bosibl iddo wneud; ac yr wyf yn barod i feddwl na ddylai yr un foneddiges sydd yn gwisgo gŵn sidan fod hanner munud ar ôl yr amser priodol. Bydd y sŵn fel awel o wynt a achosir gan y dilledyn prydferth hwn yn aflonyddu yr addoliad yn fynych, ac yn peri i ambell un ddymuno am i'r rhai sydd yn ei wisgo fod, er yn anamserol,

> "Oll yn ei gynau gwynion,
> Ac ar eu newydd wedd."

(1886; er y mae'n debyg bod yr ysgrif yn perthyn i'r cyfnod 1870-1880)

Yr Ysmygwr

Pennod agoriadol i hanes anysgrifenedig.

Rwyf yn meddwl, ond nid wyf yn sicr, mai y flwyddyn 1876 neu 1877 ydoedd. Y gwaelaf yn y byd ydwyf am gofio dyddiau a blynyddau wedi yr elont heibio; ac oherwydd fy mod yn ymwybodol o'r diffyg hwn, a rhag poeni y darllenydd gydag anghysonderau, ni wnaf ond cyn lleied ag a allaf o gyfeiriadau at ddyddiadau, gan nad ydynt ar y gorau ond pethau sychion, ac oddi ar yr ystyriaeth mai gwell i ddyn diofal beidio bod yn fanwl. Am yr adroddaf y ffeithiau yn gywir pa bwys am y dyddiad? Pethau amser ydyw dyddiadau, ond nid allwn ymysgwyd oddi wrth ffeithiau bywyd hyd yn oed yn y byd a ddaw. Ceidw rhai pobl ddydd lyfr yn yr hwn y croniclant eu teimladau, a'u gweithredoedd, a phrif ddigwyddiadau pob diwrnod o'u bywyd. Os ydyw eu bywyd yn gyffelyb i'r eiddo fi ac i eiddo dynion yn gyffredin, ac os ydynt yn onest gyda'r gwaith hwn, da fyddai ganddynt, mi gredaf, gael hamdden cyn marw i'w losgi. Ond os ysgrifennu y maent bethau difyr i'w darllen ganddynt hwy eu hunain a chan eu perthnasau ryw amser sydd i ddyfod, yna rhagrithwyr ydynt, a chânt allan ryw dro fod llyfr coffadwriaeth arall yn bod cwbl wahanol o ran ei fanylion. Ond yr wyf yn meddwl, fel y dywedais, mai y flwyddyn 1876 ydoedd—tua chanol y cynhaeaf ŷd. Yr oedd wedi bod yn dymor poeth iawn, ac yr oedd rhai ffermwyr yn gallu dyrnu eu hydoedd ar y maes cyn eu casglu i'w hydlannau. Mae ffaith fechan yn peri i mi gofio hyn: yr oedd cynrychiolydd y Feibl Gymdeithas Frytanaidd a Thramor wedi anfon gair at y pen blaenor yma y byddai efe yn dyfod i'n hardal ar y-diwrnod-a'r-diwrnod i ddadlau hawliau y Gymdeithas; ac yr oedd y pen blaenor yntau, yn ei dro—yr hwn oedd ffermwr cyfrifol—wedi anfon gair yn ôl i ddweud y byddai raid i'r cynrychiolydd oedi ei ymweliad oherwydd fod cyhoeddiad yr *engine* ddyrnu yn ein hardal ar y diwrnod hwnnw; yr hwn drefniant a hysbyswyd yn ei amser priod i'r frawdoliaeth ac a dderbyniodd gymeradwyaeth ddyladwy. Yr oeddwn yn feistr arnaf fy hun, fel y dywedir; hynny ydyw, gallwn fynd oddi cartref heb ofyn cennad neb, ac aros cyhyd ag y mynnwn heb golledu neb ond fy hunan. Nid oedd gennyf na meistr na gwraig i ofyn caniatâd ganddynt. A hon oedd rhagorfraint bennaf fy mywyd—rhyddid. Nid oedd gennyf ddim at fy nghynhaliaeth ond a enillwn gyda fy neng ewin—nid oeddwn yn anghenus ac nid oedd gennyf ond ychydig wrth gefn. Pa fodd bynnag, un bore, cefais ddrychfeddwl newydd, sef nad oeddwn lawn can iached ag y dylaswn fod. Yr wyf yn lled sicr erbyn hyn mai drychfeddwl ydoedd, oblegid dygai gydag ef fwy o bleser nag o ofid, a theimlwn braidd yn falch ohono, fel y gwna bardd o linell newydd, bert. Yn wir, effeithiodd arnaf mor fawr nes fy nwyn i'r penderfyniad fy mod yn haeddu gŵyl, neu *holiday*, yr hwn beth mai ychydig, fel y tybiwn i, oedd yn ei haeddu, ac mai y rhai oedd yn ei haeddu leiaf oedd yn cael mwyaf ohono. Oddi ar yr egwyddor "pwyth rhag llaw a arbed naw," a rhag i mi waethygu, tybiais mai gorau po gyntaf yr awn oddi cartref. Ni chymerodd i mi prin bum' munud i benderfynu ar y lle yr awn i dreulio fy ngŵyl, ac awgrymodd Llandrindod ei hun i mi ar unwaith. Gan mor gyflym y daeth y lle i fy meddwl, yr wyf erbyn hyn braidd yn tybied fy mod wedi penderfynu ar y lle cyn darganfod nad oeddwn mor iach ag y dymunaswn fod. Ni fuaswn erioed o'r blaen yn Llandrindod, ac eto, wedi darllen fwy nag unwaith y "Tridiau" a'r "Tridiau Eto," gan Glan Alun, teimlwn raddau o gydnabyddiaeth â'r lle. Cychwynnais i'm taith, a phan oeddwn ar fy ffordd i'r orsaf yn mynd heibio yr

Hendre Fawr, gwelwn fod yr *engine* ddyrnu wedi dyfod yn ffyddlon i'w chyhoeddiad. Yn wir yr oedd hi wrthi ers meitin yn drystfawr ac ysglyfaethus, a'i holwynion yn troelli yn gyflym, a'i hagerdd a'i mwg yn es gyn i'r awyr, ac amryw wŷr o'i deutu heb gôb na gwasgod—rhai yn taflu yr ysgubau i'w chrombil, eraill yn pentyrru y gwellt, ac eraill yn clymu ceg y sachau, a phawb yn ymddangos cyn brysured â iar a deugyw, ac yn gwaeddi mor uchel wrth siarad fel ag yr oeddwn yn gallu eu deall yn burion o'r ffordd. Gwelwn Ifan Wmffre, y pen blaenor, nid fel y byddai yn y capel, sef yn araf-deg a hamddenol, ond wedi deffro o'i gorun i'w sawdl ac yn llawn bywiogrwydd. Ymddangosai yr hen frawd i mi fel pe buasai yn argyhoeddedig ped arosasai y gwr chwimwth a ddiwallai yr *engine* gegrwth ond am un eiliad, y buasai y peiriant yn ddiymdroi yn ymosod yn ffyrnig ac ysglyfaethus ar bob copa walltog o'r rhai oedd o'i ddeutu, os nad ar y tŷ, ac ar y wraig a'r plant hefyd. Pan euthum yn ddigon pell oddi wrth sŵn y peiriant i allu clywed fy myfyrdodau, meddyliwn mai nid peth dibwys, wedi'r cwbl, oedd dyfodiad yr *engine* ddyrnu i ardal, pe na fuasai ond am y bywyd a'r egni a ddygai gyda hi, ac a gyfrannai i'r rhai oeddynt, ar brydiau eraill, yn hollol ddifraw. Ac eto nid allwn beidio dychmygu am wyneb cynrychiolydd y Feibl Gymdeithas—yr hwn oedd ŵr doniol a thafodog, a'r *sense of humour* yn gryf ynddo—y bore y derbyniodd efe y llythyr a gynhwysai y "rheswm digonol" dros iddo oedi ei ymweliad â'n hardal. Diamau gennyf iddo roddi i mewn ar unwaith, yn ei feddwl, i resymoldeb, y cais, ac iddo ganfod fod un *engine* ddyrnu yn llawn ddigon yn ein hardal ar yr un diwrnod! Tybiwn hefyd mai y gair uchaf yn meddwl Ifan Wmffre y diwrnod hwnnw oedd, "Nid ar Feibl yn unig y bydd fyw dyn." Tarawyd fi gyda hyn gan y syniad——pe buasai ymweliad gwahanol gynrychiolwyr galluog y Fam Gymdeithas yn cael edrych arno gyda'r fath ddiddordeb, ac yn dylanwadu mor rymus ar bawb yn ein hardal ag a wnâi dyfodiad yr *engine* ddyrnu ar deulu yr Hendre Fawr—mai nid deuddeg punt a fuasai swm ein casgliad blynyddol at y gymdeithas ddigyffelyb honno.

Yr oeddwn wedi rhoi fy ngharbed bag dan ofal hogyn, a'i anfon o fy mlaen i'r orsaf—nid am fy mod yn y falch i'w gario fy hun, ond rhag i neb wybod fy mod yn mynd oddi cartref ac iddynt holi a stilio i ba le yr awn. Canys gwyddwn pan elai un di-wraig neu ddi-ŵr i Landrindod fod tuedd mewn rhai pobl i briodoli iddo neu iddi amcanion amgen na gwellhau yr iechyd; er na fuasai raid i mi ofni y priodolasid amcan felly i mi, gan fy mod, fel y tybiwn, yn un pur annhebyg i wneud argraff ddofn ar neb, neu o dderbyn argraff arhosol gan neb. Eto meddyliwn fod cadw safnau y trigolion yn nghau yn werth chwe' cheiniog, yr hwn swm a delais yn onest i'r hogyn, ac am yr hwn swm yr oedd efe yn dra diolchgar, oblegid can gynted ag y derbyniodd efe y chwe' cheiniog, poerodd arno i'r diben, gallwn feddwl, iddo lynu yn ei law, oherwydd nid oedd ganddo boced gyfan ar ei helw, mi gymerwn fy llw. Yn wir telais fwy na hynny lawer gwaith drosodd yn ystod fy oes, i gadw tafodau yn segur, a theimlaf y funud hon mai dyna yr *investment* gorau y gall dyn ei wneud.

Yr oeddwn wedi prysuro yn gymaint i ddal y trên fel, pan gymerais fy eisteddle yn y gerbydres, y teimlwn dipyn yn wasgedig a churedig fy nghalon, ac yr oedd ynof duedd gref i orwedd. Nid anhyfryd gennyf oedd teimlo felly, oblegid dyfnhâi fy argyhoeddiad nad oeddwn mor gryf ag oedd ddymunol, ac elai ymhell i dawelu fy nghydwybod nad oeddwn yn mynd oddi cartref i wastraffu wythnos neu bythefnos o amser gwerthfawr heb amcan teilwng. Wrth farnu yn deg a diduedd yr wyf yn cael fod dyn—hynny ydyw, yr wyf yn cael fy hunan, oblegid nid oes ynof awydd pinio fy meiau fy hun wrth ddynion yn gyffredinol——yr wyf yn cael fy hun, meddaf, yn chwarae llawer cast gyda fy nghydwybod. Rhaid i mi, a phob dyn gonest, gydnabod mai hi ydyw y frenhines, gwg neu wên yr hon gan nad pa mor deyrngarol ydym—ni allwn ei anwybyddu. Pob dyn gonest, meddaf; ac wrth hynny y meddyliaf—pob dyn sydd wedi ym ddeffroi o gysgadrwydd anystyriaeth i ymholi o ba le y daeth? I ba le y mae yn mynd? Beth ydyw neges a diben ei fodolaeth? Neth ydyw ystyr yr hyn a wêl o'i amgylch? Ai breuddwyd ai dameg ydyw? Beth ydyw ef ei hun, ai math o beiriant bwyta? Ai cannwyll a lysg i lawr i'w socet rai o'r dyddiau nesaf? Ai ynte seren i fynd o'r golwg i oleuo ar ryw *hemisphere* arall? Ni all y fath un fod yn ddiystyr o lais ei gydwybod. Ond nid cydwybod ydyw yr oll o ddyn: mae ganddo ei ddymuniadau a'i dueddiadau, ac nid ydyw y rhai hyn bob amser yn cydgordio â llais ei gydwybod. A phan ddigwyddo yr anghytgord hwn, y fath ystumiau a wna dyn i geisio perswadio ei hun mai anghytgord naturiol, ys dywed y cantorion, ydyw, neu *discord* o angenrheidrwydd. Er mwyn gwneud fy hun yn eglur—a pha ddiben ydyw ysgrifennu os nad ysgrifennir yn eglur—a pha mor fynych y priodolir i ambell ysgrifennydd "ddyfnder" pryd nad ydyw mewn llawer amgylchiad yn ddim amgen na niwl, ac fe ŵyr pawb fod niwl, pa un bynnag ai naturiol ai meddyliol, yn gamarweiniol, ac yn peri i'r anghyfarwydd weithiau dybied ei fod yn canfod eidion, pryd mewn gwirionedd mai llo fydd o flaen ei lygaid—ond er mwyn gwneud fy hun yn eglur, fel y dywedais, meddylier yn awr, er enghraifft, am ddyn a'i gydwybod yn dweud wrtho y dylai fynd i foddion gras—i'r cyfarfod gweddïo, neu i'r Ysgol Sul (*os ydyw yr Ysgol Sul yn foddion gras, oblegid tybia rhai dynion call y dyddiau hyn mai sefydliad i blant a phobl dlodion ydyw, a chredant pe buasai Mr. Charles ar dir y rhai byw pryd y mae gan Gymru dair o brifysgolion, y gwelsai y ffolineb o annog pob dosbarth ac oedran o bobl i ddyfod ynghyd i ddarllen y Beibl*) ac fod ei dueddfryd yn wrthwynebol hollol i hynny. Yn yr amgylchiad hwnnw onid ydyw unrhyw esgus gwirioneddol neu ddychmygol sydd yn ffafrio ei ddymuniad ac yn tueddu i ddistewi ei gydwybod yn dra derbyniol ganddo?

Wel, dyna oedd fy sefyllfa i pan oeddwn yn cychwyn i Landrindod. Dywedai fy nghydwybod fy mod yn berffaith iach; a'r cwestiwn a ofynnwn i mi fy hun oedd—a oedd gennyf hawl i dreulio nifer o ddyddiau oddi cartref heb amcan uwch yn fy ngolwg na mwynhau fy hun? Amheuwn fy hawl, a dechreuais chwilio am amcan uwch, ac, fel y dywedais, bu agos i mi berswadio fy hun nad oeddwn yn gryf o ran fy iechyd. Ffansïwn fod y gydwybod yn ysgwyd ei phen arnaf. Ond pa beth a wyddai hi am ystâd iechyd dyn? Pethau moesol oedd ei phethau hi, ac wrth ymyrraeth a rhoi ei barn ar bwnc o iechyd yr oedd yn mynd allan o'i thiriogaeth. A chofiwn ddwy linell o hen gân, chwai i'r pwrpas—

> Ac os na chaf fwynhau fy hun,
> Waeth bod yn geffyl nag yn ddyn.

Heblaw hynny, pa raid oedd i mi fod yn well na fy nghymdogion? Yn sicr nid oeddwn yn cymryd arnaf fy mod yn well na hwy; a gwyddwn nad oedd y rhai a adwaenwn i a arferent fynd i Landrindod yn blino eu hunain gyda chwestiynau o'r fath. Y ffaith oedd mai y rhai iachaf, gwridocaf, a hoenusaf, a welwn i bob amser yn mynd yno. Dyna Mr. Jones, y Faenol Fawr, ffermwr bochgoch, cnotiog, croen yr hwn a ymddangosai bob amser yn rhy fychan i'w gorff, a'r hwn na welid un amser yn gwisgo menig, am nad oedd yn bosibl cael y *size*—elai ef bob blwyddyn yn ddi-ffael i'r ffynhonnau. Dyna Mr. Prydderch, y *draper*, pictiwr o iechyd—yn werth ei fframio unrhyw ddiwrnod—onid elai yntau yno? A dyna y ddwy Miss Davies, *Rosemary Cottage*, y rhai nad oedd raid iddynt byth ofni orfod rhoddi cyfrif am weithio yn rhy galed, a'r rhai pe gwyddai Mr. Evans yr hyn a wn i, sef eu bod ryw dro, ers talwm, wedi yfed rhyngddynt hanner potel o'r *Quinine Bitters*, na phetrusai wario can punt i gael eu darlun ar ei *advertisement*, gan mor gwmpasog a llyfndew ydynt! Os oes rhywrai yn amau am y rhai olaf, gadewch iddynt ofyn i'r ci bach gwyn, blewog, sydd yn *Rosemary Cottage*, ac fe ddywed ef wrthynt, a'i wallt yn ei lygaid, os nad ei ddagrau, fod yn gâs ganddo feddwl am dymor yr haf, pryd y gadewir ef at drugaredd y forwyn, heb neb i'w nyrsio tra bydd ei ddwy feistres yn Llandrindod. Meddyliais am lawer eraill cyffelyb na fyddai o un diben sôn amdanynt yn y fan hon, tystiolaeth unfrydol y rhai, wedi iddynt ddychwelyd gartref, a fyddai "eu bod wedi derbyn lles dirfawr ac wedi cael ail *lease* ar eu bywyd."

Erbyn hyn yr oeddwn ar delerau da â mi fy hun, a fy myfyrdodau yn hyfryd. Goleuais fy mhibell, ac oherwydd nad oedd neb ond mi fy hun yn y *smoking compartment*, ffurfiais bont rhwng y ddwy fainc gyda fy nghoesau, ac arni y lledais fy mhapur newydd, ond ni ddarllenais ddim ohono, eto tybiwn, os digwyddai i mi gael cwmni, mai yr argraff a wnâi yr olwg arnaf a fyddai fy mod wedi ei ddarllen oll. Yr wyf yn meddwl ei bod yn ffaith mai ychydig o'r rhai, cyffelyb i mi fy hun, nad ânt oddi cartref ond rhyw unwaith yn y flwyddyn, a allant fwynhâu newyddiadur yn y trên. Y mae ein "newyddion" yn yr hyn a welwn oddi allan yn hytrach nag yn y newyddiadur. Ond yr ydym yn dymuno *ymddangos* fel rhai arferol â theithio, ac yr ydym wedi cael allan mai yr arwydd ydyw—y newyddiadur, a chymryd arnom ein bod wedi ymgolli ynddo. Y mae un arwydd arall, sef bod yn hollol ddiystyr o bawb a phopeth oddi fewn ac oddi allan, a ryw hanner cysgu a gofalu am ddeffro yn sydyn wrth ddyfod i *station*. Yr hwn a dalo sylw i'r arwyddion hyn, ac a ofalo na wna yr argraff a'r neb ei fod yn feddw, a all gael ei ystyried yn hen *stager*. Yr oeddwn wedi dewis y *smoking compartment* nid am fy mod mor hoff o ysmygu, fel y gŵyr pawb sydd yn fy adnabod, ond er mwyn diogelu fy hun rhag merched a babanod yn eu breichiau, a rhag personiaid—neu fel y dywed pobl Llandrindod, offeiriaid—yn enwedig yr rhai olaf; ac hefyd fel protest yn erbyn hymbygoliaeth. Oblegid mi a welais fwy nag un person, ac eraill, o ran hynny, pan ddigwyddent ddyfod i *compartment* â rhywun yn ysmygu ynddo, yn y fan yn dechrau crychu eu trwynau, fel pe buasent yn cymryd ffisig, yn pesychu, ac yn tagu, ac yn arddangos y fath wewyr o drueni fel y tybid eu bod ar drengi, tra y gwyddwn o'r gorau eu bod, pan fyddent gartref, yn byw ac yn bod mewn mwg tybaco. Ceisient ymddangos eu bod yn ffieiddio yr arferiad ffôl, ond yn fy ngolwg i oedd yn eu hadwaen, hymbygs oeddynt. Na chamddealled neb fi. Mi wn fod llawer yn casáu ysmygu ac nad allant oddef yr arogl, ac mae ganddynt berffaith hawl i ddatgan eu teimlad ac i amddiffyn eu hunain rhag y fath anghyfforddusrwydd: ond pe buasai pob ysmygwr fel fi ni chlywsid neb yn cwyno, oblegid ni fedrais erioed fwynhau mygyn os gwyddwn fod hynny yn blino rhywun. Bydded i bob ysmygwr roddi esiampl dda i'r gwrth-ysmygwyr drwy ymwadu â'i fwyniant ei hun er mwyn dedwyddwch eraill. Ond gyda golwg ar argyhoeddi y gwrth-ysmygwr fod gwir fwyniant (daearol, wrth gwrs) i'w gael yn y mwg, mae hynny yn anobeithiol—oherwydd—*yn gyntaf,* fod ei ragfarn yn rhy gryf; *yn ail,* am nad ydyw yn dyfod o fewn cylch ei brofiad; *yn drydydd* ac yn olaf, am ei fod yn amheus a ydyw y pwnc ynddo ei hun yn beth i ymresymu yn ei gylch. *Cymhwysiad*—bydded pob un sicr yn ei feddwl ei hun.

Yr hyn a achlysurodd i mi wneud y sylwadau uchod oedd hyn: wedi teithio am hanner awr ar draws gwlad boblog, a phan safodd y trên gyntaf i gymryd ei wynt, daeth i mewn i'r un *compartment* â mi ŵr corffol, â phibell yn ei ben, gan anadlu yn drwm trwy ei ffroenau, fel un yn cerdded yn ei gwsg a'i lygaid yn agored. Yr oedd efe mor drwsiadus ei wisgiad â phe buasai yn mynd i gael tynnu ei lun. Yr oedd ei wallt a'i wiscars cyn goched â gwasgod gwas gŵr bonheddig, a'i wyneb—yn enwedig ei drwyn—yn tueddu at yr un lliw, yr hyn a barai i mi feddwl—yn gyfeiliornus, hwyrach—nad y bibell oedd ei unig foeth. Cyn gynted ag y caeodd efe y drws ac yr eisteddodd, dechreuodd siarad. Yr wyf wedi sylwi fwy nag unwaith y gellir teithio yn y trên am ugain milltir gyda chydymaith ansmygyddol, heb dorri Cymraeg; ond ni welais erioed hyn yn digwydd mewn *smoking compartment*. Athroniaeth y peth, mi debygaf, ydyw hyn: mae y cydymaith ansmygyddol yn *unknown quantity*—nid oes dim rhyngom ag ef i dorri ar y dieithrwch: pryd mai gweld cetyn yn nghilfin un ar y fainc acw, a'r ymwybyddiaeth fod un gyffelyb yn ein cilfin ninnau ar y fainc yma, yn arwydd ac yn gyfaddefiad o frawdoliaeth, a'n bod yn un mewn un peth o leiaf, ac yn arweiniad diseremoni i ymddiddan. Wel, wedi gwneud sylw ar yr hin ac i minnau gydolygu ag ef, ebe fy nghydymaith:

"Peth rhyfedd ryfeddol—" (nid oedd efe yn ofalus am siarad yn ramadegol mwy nag y byddaf finnau yn fynych) "—yn bod ni wedi'n gadel yn hunen, a ninne mewn *smoking compartment*."

"Mae y frawdoliaeth fygyddol yn brin bore heddiw," atebais.

"Nid hynny oeddwn yn feddwl," ebe fe, "ond synnu roeddwn i fod y *compartment* heb ei lenwi efo merched, achos maen nhw'n wastad yn stwffio'u hunen lle bydd smocio."

"Tybed?" ebe fi. "Yr oeddwn bob amser yn meddwl mai fel amddiffyniad i ferched, a rhai cyffelyb, y gofalodd y Cwmni am le i ni, yr ysmygwyr, ar ein pennau ein hunain."

"Digon gwir, syr; ond y mae'r amcan wedi'i golli'n hollol. Esgusodwch fi am ofyn dau beth i chi: ydach chi wedi priodi? Ac ydach chi'n mynd efo'r trên yn amal?"

"Nac ydwyf, y naill na'r llall," atebais.

"Hir y prathoch chi felly," ebe fe. " Cyn priodi mi fydde hon acw a finne yn mynd am dro, wyddoch, ac yn cymyd diwrnod o *holiday* rŵan ac yn y man; a mi fyddwn, wrth gwrs, yn smocio tipyn weithie—nid rhw lawer, a sigârs fyddwn i yn smocio pan fydde hi efo fi. A welsoch chi 'rioed mor ffond fydde hi o arogl y mŵg, a mi fydde yn synnu pa wrth'nebiad oedd gan rai merched i ddyn fydde yn smocio. Ond toc ar ôl i ni briodi mi newidiodd *my lady* ei chân, a— wel, hynny oeddwn i'n mynd i ddeud wrthoch chi—yr ydw i'n mynd efo'r trên i'r 'Mwythig unweth, ac weithie ddwyweth, bob wythnos; a fydda'i byth yn mynd i *smoking compartment* na ddaw 'na ferched i mewn.'

"Pa fodd yr ydych yn rhoddi cyfrif am hynny? Ai am eu bod yn hoffi mwg tybaco," gofynnais.

"Dim peryg!" ebe fe. "Ond gwybod y mae nhw y bydd yn y *smoking compartment* ddynion, a mi aiff merched i bob man lle bydd dynion, hynny ydi, merched ifinc a gwragedd gweddwon."

"Yr ydych yn rhy galed arnynt," ebe fi.

"Ydach chi'n arfer betio?" gofynnodd fy nghydymaith, ac wedi i mi ateb yn nacaol, ychwanegodd, "Ho, felly. Wel, does dim drwg mewn betio catied o dybaco? Dyma ni rŵan *just* a chyrraedd *station* Ruabon, ac os rhowch chi'ch llaw allan gan ddal eich pibell yn y golwg, ac os na ddaw yma ferch i mewn aton ni, mi fyddaf wedi colli'r gatied. Treiwch chi."

O ran cywieinrwydd gwneuthum felly; a chyn sicred â'r byd wele dynes ieuanc, ac nid amhrydferth, gweddus ei gwisgiad, yn agor y drws. Yr oedd hi mewn "du" isel bris a ddynodai ei bod yn perthyn i'r dosbarth gweithiol a'i bod yn galaru ar ôl rhywun. Duw wŷr pa faint o hynny sydd yn mynd ymlaen yn y byd o hyd! A phe gallai y "du" y mae ambell un yn ei wisgo ddangos y duwch sydd yn ei ysbryd, y gofid a'r hiraeth sydd yn ei galon, hwyrach y byddai llai o gynghori a mwy o gydymdeimlo yn bod. Pan oedd y

ferch yn yr *act* o agor y drws, gwaeddodd fy nghyd-
deithiwr:

"Wraig! Rydan ni'n smocio yma!"

"Dim pws, yr odw i wedi hen arfer â hynni, ys gwn i," ebe'r ferch, ac i mewn â hi.

Wrth ei chwt daeth i mewn ŵr brethynnog—ond fod y brethyn dipyn yn ddigotwm—llaes ei gôb, a chantelog ei het. Gwisgai wasgod heb fotymau arni—yn y golwg o leiaf—ac ymddangosai ei du blaen fel ffrynt pulpud pan fyddo y gweinidog newydd farw, ond fod ar ei ffrynt ef—y gwr yr wyf yn sôn amdano—rai ysmotiau a ddangosent nad oedd efe wedi camgymryd y *compartment*. Edrychodd o'i gwmpas yn gyffelyb, fel y tybiwn i, i'r modd yr edrychasai ar ei berchyll cyn cychwyn oddi cartref, a gwthiodd ei hunan i'r gornel bellaf oddi wrthym, a rhoddodd besychiad cras, hyglyw, a'm hargyhoeddodd ei fod wedi ei hen arfer mewn Eglwys wag.

"Ac yr ydach chi wedi arfer a mwg tybaco?" ebe fy nghyd-deithiwr, fel *apology* wrth oleuo ei bibell ac ail ddechrau ysmygu.

"O odw, mwy nag y gwnâi eto ys gwn i prid," ebe y wraig.

"A ydwyf i ddeall, wraig fach, eich bod wedi colli'ch gŵr?" gofynnodd fy nghydymaith diseremoni.

"Odw," ebe'r wraig, ac fel pe buasai yn falch o gael siarad ychwanegodd, "Odw, syweth! Dos ond wthnos pan gleddes e, ac anghofia i hynni rhawg. Dos nemor gyda blwyddin er pan gwities i gartre, ond mi weles lywer tro ar fid ddâr hynni! I weini y dos i i'r lan o'r *South*, a thoc mi drewes arno e. Rodd e yn llencyn del a chwmws ddigon, a minne'n estron. Dai wiw mo'r sôn, dodd cwrdd na chapel na welwn i e. Y 'machgen glân! Mae e heddi yn isel ei ben! Fe gerddws lywer i'r plas lle'r own i'n gweini i moyn amdana' ar dywydd a hindda; dod nacâ arno. Dodd idde na thêd na mem, na browd na chwar. Mi testes e'n dost tu hwnt, a mawr mor front fûm wrtho e! Rodd arna i fai, mi wn, waith rodd 'y nghalon gydag e o'r funud gynta, ac os palle ddod i'r lan ar noson pwylmant, nid gwiw cawn gau fy llygaid hid adeg cwnnu, rhag ofan taw gwâl odd e, ne idde gwrdd a lodes decach. Ai e ai fi odd fwya ynfid, nis gwn i p'run—dodd ddewis arnon. Cyn imi weini dou gwarter fe brodson; a heles air o hynni i mem am fis ne fw—waith rodd arna i gwiddil, ac nid heb reswm. Dodd gynnon na thŷ na dodren na lle i drigo ond *lodging*. Ond pa iws sôn am hynni'n awr. Ron ni'n ffero'n buron i aros ti, a fu dou yriod fw dedwdd—heb air na châs. Ond Duw sy'n rwlo! Toc gyda thri mis ar ôl i'n brodi heb arna i feddwl, fe frifws 'y ngwas gwrion yn y gwâth yn dost. Dâth arno e bywer o bwyse nas gwn i sut, a'i sigo'n enbid. Anghofia i'r diwarnod tra fw i biw! Pan weles e'n dod i'r lan mewn cert, a dou o'r dynnon ar 'i bwys'n ei gynnal, mi ffentes off, a Duw a'm safodd rhag mynd i mâs o'm co! Rodd ei lefe'n torri 'nghalon, a mowr odd 'y ngofid nad allwn shero'i bôn."

Yn y fan hon torrodd argae teimladau y weddw ieuanc, a dechreuodd wylo yn hidl, yr hyn a barodd i mi feddwl yn well ohoni, oblegid rhaid i mi ddweud fod ei dull o adrodd ei hanes yn ymddangos i mi braidd yn "iach." Siaradai yn gyflym, accenai ei geiriau yn groyw a hyglyw, fel un yn adrodd dernyn o *blank verse*. Ond deallais am y tro cyntaf nad oedd teimlad gwir ofidus wedi ei gysylltu yn annatodol â thôn hirllaes a throm fel yr eiddom ni, y Gogleddwyr, a gwelais mai gwahaniaeth taleithiol yn unig a barai iddi hi ymddangos i mi yn iach ei hysbryd. Gwyddwn fod fy nghyd-ogleddwr yn teimlo yn gyffelyb i mi, ac i ni ein dau newid ein syniad am y weddw yr un foment. Anghofiodd fy nghydymaith fygu, ac edrychodd gyda llygaid llaith a thosturiol ar yr eneth, oblegid nid oedd hi, o ran oedran, ond geneth. Edrychai y person fel pe buasai yn gwrando ar un yn areithio ar Ddatgysylltiad, ac ni ddywedodd un ohonom air—arhosem i ruthr ei theimladau fynd drosodd.

Yn y man, sychodd y ferch ei llygaid, ac wedi ocheneidio ddwywaith neu dair ychwanegodd yn gyflym:

"Rown i'n estron, fel gwedes, ac ynte nemor well. Thynnes i mo 'nillad am 'thefnos gron, ond tendo, tendo, arno e ddid a nos. Ond dodd hynni ddim, waith dodd arna i gwsg na blinder, a fe odd yn dodde'n giwt na choeliech, a digon gwâth i un fod ar 'i bwys i sychu'r chwŷs odd ar 'i ben. Fe wede rhyw beth wrthw i o'r funud gynta na chiwrie, a fe fu fisodd lywer yn dihoeni i'r dim ar weli, a ninne'n dlowd. Rodd gen i, bid siŵr, rou punodd wedi'u safo at ddodren tŷ; ond toc yr oethon i gael chware teg iddo e, ac am ddim dos dim i gael o gartre. Fe fu, serch hynni, rou cymdogon yn ffeind tu hwnt, nes iddynt flino. Mae pawb yn blino rhoi os na fydd cariad—fe ddala hwnnw byth. Fe nes 'y ngore ac eitha mhywer idde, a rodd canmil mwy'n 'y nghalon. Ond rodd ei amser wedi dod i ben, a Duw a fynne i hynni fod, a mi glous y mem yn gweud—lle llysio Duw na thycie ffisig na phlaster, a phan fo'r Ne yn galw y rhaid i ddyn farw. Mi wn yn serten fod e heddi'n well ei le, waith rodd e'n fachgen piwr, a fe wede gant o 'dnode o'i go, a'i ofid mwya odd ei ofan fod e wedi 'ngharu i yn fwy na'i Brynwr. Rodd arno whant cael trengu ers tro, waith rodd e'n rhy wan i ddal ei wendid, adodd prin ei lun mewn gweli. Rodd e'n pôni hefyd pan ffeindiodd fod pob *penny* wedi mynd, a'n bod ni'n biw ar 'wyllys da'n cymdogon. Mi gedwes hyn oddi wrtho e cyd y medrwn, ond ffeindo nâth. A phan ffeindws fod ni'n derbyn lusen plw dodd arno e mwy ach whant cael biw. Serch hynni e lingrws yn hir. Y noson ola bu e biw, rown i ar'i bwys yn'i wylio. Rodd ei bône lywer llai, a mine'n meddwl taw gwell odd e. Fe slwmbrws; ac fe slwmbres inne a'm clustie'n agored. Nid hir y bu heb waeddi 'Mary?'

'Be sy fy machgen?' 'be fine.

'Be sy ar bobol y capel eisie yma'n nawr?' 'be fe.

'Dos dim oddi wrth yma, machgen,' 'be finne.

'Oôs, maent o'r tu fas i'r ddôr yn canu'n braf, chlywch chi monyn, Mary?' 'be fe, ac fe geuws ei lygaid fel i wrando'n well, ac fe drengws, a mi greda byth taw canu'r Ne a glywe 'ngwâs. Rodd arna i whant cael trengu gydag e, waith dodd gen i ddim ar y ddaear wedi iddo e fyn'd i hido amdano. Dodd gen i ben i hela llythyr i mem. Fe ddaru'r Plw ei gladdu, a rown i'n crigo fwy nag y coeliech wrth weld ei goffin—rodd e'n wâl drosben—a mi goelia taw hen focs sebon odd e, a mi gries nes own i'n *sick*. Siawns y gwelsoch y *relieving officer* yn station yn moin tocyn i mi i'm hela gartre. Ac yno'n awr rw i'n mynd; ond ma nghalon gydag e'n y fynwent yn mhlw Riwabon."

"Ymhle y mae eich cartre, wraig fach?" gofynnodd yr ysmygwr.

"Aberdâr," ebe hi.

"Oes gynoch chi deulu yno?" gofynnodd eilwaith.

"Ma imi fem afiach a thlowd; ond 'dawn unweth yno mi fyddwn efo 'mhobol, a ma pobol y *South* yn gnesach a mw cymdogol."

Edrychodd yr ysmygwr i wyneb y person, cystal â dweud—"Rhowch gynghor neu air o gysur i'r weddw ieuanc," a chymerodd yntau yr awgrym, ac ebe fe,

"Mae o'n trugaredd mawr i chi bod chi'n ifanc a dim plant gynoch chi. Mi gellwch mynd i lle ar unweth, a dene peth gore i chi gneud, mynd i *service at once*."

Wedi clywed cyngor y person, ebe yr ysmygwr,

"Dydwi'n amme dim, wraig fach, nad ydach chi wedi dŵad trwy lawer o helynt; ac yr ydw i wedi sylwi, ac yn brofiadol o'r peth fy hun, y gellir priodoli y rhan fwyaf, os nad yr oll, o helyntion y byd yma i'r ffaith fod pobol yn mynnu priodi. Dydw i yn gwbod am ddim da yn deillio i neb o'r priodi yma ond i'r personiaid a'r pregethwyr—mae o'n rhan o'u hincwm nhw—yn enwedig y personiaid, achos mi glywes fod rhai o'r pregethwyr yn gneud y job am ddim. Ond bydae pawb yn gneud penderfyniad i beidio priodi mi

fydde diwedd ar yr helyntion i gyd ymhen rhyw drigain
mlynedd—fe âi pawb i ffwrdd yn ddistaw ac yn llonydd, ac
fe fydde'r cwbl drosodd. Ond y mae yn debyg mai nid felly
y bydd hi, a thra mae pawb ond ychydig o rai synhwyrol—
yn mynnu priodi, does dim ond helyntion i'w disgwyl yn
oes oesoedd. Cyn i mi briodi—a chymryd geneth ddiarth
i'w chadw, nad oedd hi yn perthyn ddim byd i mi—yr
oeddwn i yn berffaith hapus; ond ar ôl gneud y job honno,
wel—dawch amdanaf! Ddiwrnod 'y mhriodas mi gês
ddigon o Eglwys am byth bythoedd; ac felly dydw i ddim
yn gweld fy hun yn gymwys i roi cyngor i chi yn eich helynt;
ac ychydig eraill a gewch chi yn barod i'ch cynghori os na
cha' nhw dâl am 'u gwaith. Mi ddarllenes stori dda ers
talwm—mi cofies hi byth. Un tro yr oedd dau longwr—yr
unig ddau o'r criw oedd wedi'u safio pan aeth y llong i lawr
yn y storm. Yr oedd y ddau rywfodd wedi llwyddo i gael
cwch, ac yr oeddan nhw wedi bod am rai dyddiau ar wyneb
y dyfnder heb damed na llymed ac heb obaith am
waredigaeth. O'r diwedd fe feddyliodd y ddau fod hi yn y
pen arnyn nhw, ac y bydde raid iddyn nhw farw, ac entro
i'r byd mawr tragwyddol, a fe aethon i feddwl am'u heneidie,
fel y bydd raid i ni gyd ryw ddiwrnod, 'ddyliwn. Wel i chi,
roedd y ddau yn ddigon annuwiol, fel finne. Fedre 'run o'r
ddau ddarllen, bydase gynnyn nhw lyfr i'w ddarllen, a fedre
nhw na chanu na gweddïo. A bre un ohonyn nhw—'Jack,
mae hi yn y pen arnom ni, a rhaid i ni neud rhywbeth.
Fedrwn ni na chanu na gweddïo, ond ni fedrwn neud
casgliad,' a mi a'th efo'r het o gwmpas, a mi deimlodd y
ddau yn well o lawer ar ôl gneud y 'casgliad'. Wel, wraig
fach, yr ydw innau yn teimlo yn debyg iawn iddyn nhw—
dydio ddim yn fy *line* i i'ch cynghori, ond mi fedraf neud
casgliad i chi."

Gan gymryd ei het a rhoi dau ddarn hanner coron ynddi,
estynnodd hi ataf fi a chyfrennais innau rywbeth yn ôl fy
mhoced. Estynnodd yr ysmygwr yr het drachefn at y

person, ond ysgydwodd y gwr eglwysig ei ben gan ddatgan fod ganddo ef ddigon o le yn ei blwyf ei hun i gyfrannu ei arian, ac nad oedd efe yn adnabod y wraig oedd newydd adrodd ei hystori.

"Dowch, dowch, peidiwch â bod yn galed, ŵr da," ebe'r ysmygwr. "Yn gwneuthur daioni na ddiffygwn."

"Digon gwir," ebe'r person, "ond mae isio edrach yn lle ac i pwy i gneud daioni."

"Risciwch hi am y tro," ebe'r ysmygwr. "Be wyddoch chi na yriff rhagluniaeth briodas *extra* i chi am y weithred dda hon? Ac y mae amser y degwm yn ymyl, chwi wyddoch."

"Na, fi dim rhoi dim."

"Agorwch eich calon, frawd," ebe'r ysmygwr yn daer. "Yr ydw i yn credu yn solet yn yr olyniaeth apostolaidd, a mi glywes fod popeth yn gyffredin ganddyn nhw. A mi gewch chi *gredit* am y weithred hyd yn nod bydae chi yn gneud *mistake*; ond amdanaf fi dydw i yn disgwyl dim, achos yr ydw i wedi. fy *gazettio* mewn gweithredoedd da ers talwm."

Gyda llawer o ymadroddion eraill, ac yn hollol hamddenol, y blinodd, y cribodd ac y crafodd yr ysmygwr y gŵr eglwysig, gan ddefnyddio rhai geiriau rhyfygus, ac arfer hyfdra mawr, gyda'r canlyniad naturiol o chwerwi a brochi y person, yr hwn, o'r diwedd, a waeddodd allan yn ffyrnig:

"Pa *right* sy gynnoch chi i hymbygio fi? Chi ddim yn gŵr bonheddig."

"Gwir bob gair, syr," ebe'r ysmygwr, gan danio ei getyn, "fûm i 'rioed yn ŵr bonheddig, a fydda i byth chwaith. Ffermwr tlawd ydw i, syr, a phrif amcan a diben 'y modolaeth i ydi talu degwm—i hynny y crëwyd fi a fy *sort*. Gŵr bonheddig wir! Be bydae chi yn 'y ngweld i gartre, syr, mewn clôs cord ac yn faw at bennau 'y ngliniau? Adwaenech chi byth mo'na' i! Twyllo pobol yr ydw i, wyddoch, efo'r dillad brethyn yma; achos dydw i ddim wedi talu amdanyn nhw, cofiwch. Mi fyddaf yn gneud i'r teiliwr rodio wrth ffydd a byw mewn gobaith, ac yn deud wrth y siopwr a'r gof am gymryd eu gwynt; ond bydawn i ddiwrnod ar ôl heb dalu'r degwm fedrwn i ddim cysgu yn 'y ngwely, syr, gan gnofeydd cydwybod! Y diwrnod o'r blaen, syr, yr oeddwn i yn talu deunaw punt-ar-hugain o ddegwm, a choeliech chi byth mor hapus oeddwn i yn teimlo ar ôl gneud hynny! 'Beti,' meddwn i wrth hon acw, 'wyt ti ddim yn meddwl 'y mod i yn ddyn ods o *liberal!* Be wyt *ti* yn sôn am dy swllt yn y mis at yr achos! Dyma fi heddyw wedi talu agos i ddeugain punt i ddyn am bregethu'r Efengyl na chlywes i 'rioed mono yn agor ei geg, ond pan oedd o yn claddu f'ewyrth Nedmond mi dales iddo am y job honno ar ei phen ei hun. Sôn a wnaiff pobol am Rad Ras! Symol rhad, os gwelwch chi'n dda! Wyddost ti be, Bet,' meddwn i, 'os na chawn ni fynd i'r nefoedd yn y diwedd mi fydd yn andros o gwilydd. Dyma ti efo dy swllt yn y mis, a finne efo fy dros dair punt yn y mis, wel, siŵr ddyn na wrthoda nhw monon ni yn y diwedd? Ne mi ddylen droi'r arian yn ôl—a mi fydde hynny i'r plant yma yn swm go deidi. Ond p'run bynnag,' meddwn i, 'mae'r degwm wedi 'i dalu—a mi gaiff y Cymry, druain, Efengyl am dipyn eto, a chymered pawb eraill'u siawns! Mae 'nghydwybod i yn dawel,' a mi gysges fel top y noswaith honno, syr."

Cyrhaeddasom *station*—nid wyf yn cofio ei henw a phrin y cafodd y trên sefyll cyn i'r gŵr eglwysig ruthro allan. Edrychodd yr ysmygwr ar ei ôl: ac wedi tynnu ei ben i mewn a chyflwyno yr arian i'r weddw—yr hon, ar y dechrau, oedd yn amharod iawn i'w derbyn, ond wedi hyn a'u cymerodd yn ddiolchgar—ebe fe,

"Mi wyddwn mai newid ei *compartment* yr oedd y brawd. Yr ydw i yn 'nabod yr hen *godger* yna cyn heddiw. Fe ddaru i'n cyfeilles yma pan soniodd hi am 'gwrdd a chapel' adamanteiddio olynwr yr apostolion mewn chwinciad! Wn i ddim be ydach chi, syr (gan fy annerch i) o ran eich crefydd, a dydi o ddim llawer o bwys gen i. Ond a wyddoch

chi? Feder y *chaps* yna ganfod, na deall, na theimlo dim os
na fyddant ar dop y clochdy. Y clochdy ydyw eu harsyllfa,
eu deddf foesol, a'u hefengyl, a gorau po gyntaf y tynnir y
clochdy i lawr, meddaf fi. Yr ydach chi yn dallt 'y meddwl
i? Fel roeddwn i'n deud wrthoch chi—yr ydw i yn nabod y
chap yna cyn heddiw. Mae ganddo *living* yn Sir Ddinbych, a
honno yn un dda—rhy dda o'r hanner i'w groen o. Mae y
gymdogaeth wedi ei meddiannu gan yr Ymneilltuwyr, a'u
capeli nhw yn llawn, ac y mae nhw yn talu yn ewyllysgar i'w
gweinidogion o'u pocedau eu hunain; ac yntau, y creadur
druan! Ar ôl i'w gloch o fod yn tincian yn ddigalon am
chwarter awr, yn gorfod wynebu cynulleidfa anferth—agos
gymaint a honno yr oedd Noah yn pregethu iddi yn yr arch,
adeg y dilyw. Pan fydd o yn darllen y Deg Gorchymyn,
bydae o yn 'u rhannu nhw rhwng ei gynulleidfa mi fyddai
raid i rai ohonyn nhw gymryd mwy nag un hyd yn nod
bydae o yn cymryd 'Na ladrata' iddo fo ei hun. Tuag ugain
munud fydd hyd y 'gwasanaeth'. 'Yr hen bum' munud,' mae
nhw yn 'i alw fo—achos dyna ydi hyd 'i bregeth o. Ŵyr o
fwy am *pulpit sweat* nag a ŵyr pry' copyn am y frêch wen. Ei
waith ar hyd yr wythnos ydi dawnsio i'r *Squire*, a cheisio
creu rhagfarn yn erbyn ysgolfeistr y *Board School*, yr hwn,
am chwarter y cyflog, sydd yn gneud mwy o waith mewn
wythnos nag y mae ef yn ei neud mewn blwyddyn. Bydae o
yn gorfod byw ar gynnyrch ei ymennydd fe lwge cyn pen yr
wythnos—os na wnâi ei floneg ei gadw yn fyw dipyn yn
hwy. Pa fath bobol, syr, ydach chi yn ein galw ni y Cymry?
Slaves dienaid a di-ynni yr ydw i yn 'u galw nhw, yn diodde
y pla yma ers oesoedd. Mi fyddaf yn synnu na fasen ni ers
talwm wedi codi fel un gŵr i ymlid y *lot* ddiog hyn oddi ar
ein porfeydd! Maent yn casáu ein hiaith, ac wedi gneud eu
gorau i'n cael dan draed y Saeson, ac ar yr un pryd y maent
yn bwyta braster ein gwlad a chynnyrch ein tiroedd—a
ninnau a'n llaw wrth ein het iddynt am neud hynny! Ond y
mae dydd eu dial hwythau yn dod—dydi eu barnedigaeth

nhw ddim yn hepian. Henffych fore! Pan welaf ddydd y
Datgysylltiad—ac yr ydw i'n credu y gwelaf fi o—a phan
fydd raid i bawb fyw ar 'i liwt 'i hun, mi fyddaf yn barod i
ddeud 'Yr awr hon y gollyngi dy was'! Wel, dyma fi ymhen
fy nhaith. Siwrnai dda i chwi, a pheidiwch â synnu os
gwelwch chwi finnau yn Llandrindod."

Ni welais yr ysmygwr byth ond hynny. Dichon ei fod yn
extreme man, ond er hynny yr oedd rhywbeth yn ddymunol
ynddo. Bore drannoeth, yn Llandrindod, mi a yfais—fel
ynfydion eraill oedd yno—wyth gwydriad o iechyd da i'r
ysmygwr, a hynny cyn brecwast.

(1886)

Plant Cendyl Gomer
(Dameg)

Y mae ar y goror yma ŵr o'r enw Cendyl Gomer, a gellwch yn hawdd ddyfalu wrth ei enw mai rhai rhyfedd ydyw ef a'i deulu. Pan oedd Cendyl yn ŵr ieuanc ni wyddai neb yn iawn beth i feddwl ohono. Amlwg ydoedd fod Cendyl o duedd garwriaethol, oblegid byddai yn fflyrtio gyda hon ac arall yn ddi-ddiwedd. Wrth hir chwarae o gylch y gannwyll, syrth y pryf yn fynych yn aberth i'r fflam. Ac felly Cendyl, wrth dynnu mig â Mrs Cambria Jones— gwraig weddw gysetlyd—daliwyd ef yn ei rhwyd. Cyhoeddwyd gostegion eu priodas, ac er i Harri Cymins, eu cymydog nesaf, godi gwrthwynebiad, priodwyd Cendyl a Cambria yn ddilys ddiogel. Wedi priodi, cymerodd y ddau dyddyn—y tyddyn oedd yn cydio â'r eiddo Harri Cymins, a chymdogion gwael a fuont, oblegid byddent beunydd a byth yn ffraeo. Ofer a fyddai i mi geisio adrodd holl hanes Cendyl a'i wraig. Pa fodd bynnag, ystyrid Cendyl yn ffermwr glew, ac yn nghwrs amser ganwyd iddo ef a'i wraig bedwar o feibion sef Shion, Ananias, Walter, a Bedwyn. Byd mawr a fu hi ar Cendyl ym magu ei blant, oblegid yr oeddynt yn wahanol iawn eu tymherau a'u tueddiadau. Clamp o straffgi cryf oedd Shion, pur gyson efo'i waith, ond hoff o addysg a chyrddau pregethu. Pwt byr, doniol, oedd Ananias, annibynnol ei feddwl, a hoff o farddoniaeth. Eisteddfodau, a saethu. Llencyn main, eiddil, oedd Walter, ond pur dafodog, ac yn dueddol i ddweud ei feddwl mewn geiriau mawr, a chanddo barch i draddodiadau y tadau. Bachgen diofal, rhadlon, a ffri oedd Bedwyn, heb fawr ddiddordeb yn y ffarm, a'i duedd yn fwy at bysgota, a phob amser i'w gael ar lan yr afon. Yr oedd gan eu tad, Cendyl, ryw fath o stiward neu feili, o'r enw Evan, yr hwn a brofodd yn wasanaethgar iawn iddo drwy fynd i'r farchnad i werthu ei ŷd a'i wair, &c., ac hefyd yn ei waith yn cadw heddwch ymhlith y meibion. Bu gan Cendyl fwy nag un stiward, ond neb mor ffyddlon, na neb a lynodd wrtho cyhyd, ag Evan. Yr oedd Evan yn ddyn mor lygad-graff ac yn deall y farchnad mor dda fel y tybiodd yn ddoeth ryw ddiwrnod gymeryd tyddyn iddo ei hun, ac er ei fod o hyd yn dal cysylltiad—ar hyd breichiau—â fferm yr hen Gendyl, llwyddodd yn ddirfawr yn ei dyddyn. Yr oedd Evan yn ddyn mor glên fel y gallai gael y gweinidogion gorau, ac hyd yn oed feibion yr hen Gendyl, i weithio ar ei dyddyn am ddim ond eu bwyd—heb byth ofyn dimai o gyflog.

Ond am yr hen Gendyl yr oeddwn yn sôn. Yr oedd ef a'i wraig yn ei hitio yn hynod o dda nes y codai cythrwfl ymysg y meibion. Yr adeg honno byddai yn helynt gwyllt. Byddai y cwerylon yn gyffredin rhwng Shion ac Ananias, a'r hen wraig gyda Shion. Y gwaith a'r ymborth bron yn wastad a fyddai achlysuron yr ymrafaelion rhwng y llanciau—yn enwedig yr ymborth. Taerai Ananias, fod Shion yn cael mwy o fwyd nag a haeddai, a dadleuai Shion o'r ochr arall fod mwy ar blât ei frawd bob dydd, er ei fod yn llawer llai dyn nag ef, ac felly ei natur yn gofyn llai o ymborth. Er fod Walter a Bedwyn yn hytrach yn mwynhau y cwerylon na dim arall, cadwent rhag rhoi eu bys yn y browes. Ond prepiai yr hen wraig yn feunyddiol fod Shion yn ei le. Ba pethau ym mynd ymlaen fel hyn am blwc, a Shion yn mynd yn fwy anesmwyth ac Ananias yn fwy tordyn. Or diwedd, lled awgrymodd Shion y mynnai dyddyn iddo ef ei hun. Pan ddeallodd yr hen Gendyl hyn, moelodd ei glustiau. Gwelodd yr hen ŵr byddai raid iddo wneud rhywbeth i gadw Shion adref. A'r hyn a wnaeth oedd gyrru am glorian a dwy-droedfedd er mwyn pwyso a mesur ymborth y meibion yn fanwl ac i'r dim. Ar y wyneb yr oedd yn rhoi yr un faint o fwyd i bob un o'r meibion yn ymddangos yn deg, ac nad ellid beio arno. Mae cynllun yr hen Gendyl i gadw ei feibion yn ddiddig wedi bod ar ei brawf yn awr ers peth amser, ac wedi derbyn cymeradwyaeth pob un—yn enwedig Walter a Bedwyn—oddigerth Shion. Tystia Shion fod Walter a Bedwyn wedi mynd yn rhy dew i allu gweithio, ac am Ananias, dywed na waeth pa faint o fwyd a roir iddo mai anfoddog fydd ef yn y diwedd. Tystia Shion ymhellach ei fod ef ei hun yn mynd yn fwy o lipryn bob dydd, a chred y cymdogion ydyw mai tyddyn iddo ei hun a fyn Shion wedi'r cwbl.

(1892)

Edward Roberts

Yr wyf yn cofio, flynyddoedd lawer yn ôl, pan oedd Mr J. Richard Hughes yn digwydd bod yn pregethu yn ein capel ni, i Edward, gŵr Barbara, Pont-erwyl, aros yn seiat. Gŵr call a bucheddol oedd Edward, yn wrandäwr cyson ac mewn gwth o oedran. Aeth Mr Hughes i siarad ag ef, a chware teg iddo, siaradai ag ef fel un oedd yn ystyriol fod Edward yn ddigon hen i fod yn daid iddo. Wedi gofyn llawer o gwestiynau iddo a chael atebion call ryfeddol, ebe Mr. Hughes,

"Wel, Edward Roberts, mae gen i un cwestiwn arall i ofyn i chi—A ydach chi'n ddirwestwr?"

"Nag ydw i neno' dyn, mi fydda'n cym'ryd hanner peint neu ddau bob dydd, a rydw i'n credu fod o'n gneud lles i mi," ebe Edward.

"Wel," ebe Mr. Hughes, "yr ydw i'n ddirwestwr ers deng mlynedd ar hugen."

"Da iawn," ebe Edward, "gobeithio y cewch chi ras i ddal ati," a chwarddodd pawb, a thaflwyd Mr. Hughes oddi ar ei *saddle*. Aeth Edward Roberts yn bur fuan i'r nefoedd, yn ddi-ddowt, ac am ddim a glywais, y mae Mr. J. R. Hughes yn dal yn ddirwestwr.

(1893)

Y Proffeswr Llwyd

Byddaf bob amser yn teimlo yn gartrefol yn y Wyddgrug, ac yn amharod iawn i'w gadael. Ar Ionawr 27ain, 1893, er fy mawr lawenydd, deallais fod y Proffeswr Llwyd, o Fangor, i draddodi darlith yn ystafell fach y Neuadd Drefol, tarewais fy het yn y llawr, oblegid nid oeddwn erioed o'r blaen wedi cael cyfleustra i weld, chwaithach clywed y gŵr clodus hwn. Cyfrifais fy mhres, ac yr oeddwn yn barod i ymadael â swllt os byddai raid. Ond erbyn dallt, darlith rad ydoedd, ac fel Cymro pur yr oedd hyn eto yn hollol unol â fy anianawd. Yr oeddwn, gellwch gredu, yn yr ystafell yn bynctiwal, a chysact i'r amser, a mi gymraf fy llw fod cynifer ag ugain o bobl wedi dod ynghyd, ac ebe fi, yn fy mrest— "Melltith o bethau ydyw y darlithoedd rhad yma—pe buasid yn gofyn am docyn swllt am ddyfod i mewn buasai y neuadd fawr, erbyn hyn, yn hanner llawn."

Pan oeddwn ym meddwl am y pethau hyn, a fy ymysgaroedd yn llosgi, wele y darlithydd ac ychydig wŷr cyfrifol gydag ef yn gwneud eu hymddangosiad, ac ymhen rhyw ddeng munud wedi hyn—chwarae teg i'r Wyddgrugiaid—yr oedd yr ystafell yn llawn o bigion y trigolion. Mor wahanol y mae rhwfun yn dychmygu dyn cyn ei weled i'r hyn ydyw mewn gwirionedd. Gwyddwn ar ôl darllen cymaint o hanes Mr. Llwyd ei fod yn weddaidd ei ymddangosiad am ei fod yn proffesu, fel y dywedai yr hen grefyddwyr. Ond meddyliwn amdano yn fy nychymyg mai dyn tal iawn ydoedd—dwy lath a dwy fodfedd—yn dechrau magu bol a chloben o gad wen aur am ei frest—gwallt golau, hir yn tonni dros goler ei got—mwstas cyrliog—yspectols am ei drwyn, a golwg ramadegol a chystrawennol dros ben arno. Pan syrthiodd fy llygaid arno synnais ei fod yr un ffunud â rhywun arall. Ac nid rhywun arall ychwaith—mae ganddo wyneb o'r eiddo ei hun—heb ddim *plagiarism* ynddo— wyneb mwyn, deallgar a gonest— llygaid mawr disglair, a thrwyn o ddosbarth y *door-knocker*—mewn byr eiriau, wyneb na fyddai yn brofedigaeth ei gyfarfod ar ffordd gul, dywyll, yng nghanol y wlad. Yn briodol iawn, galwyd ar Dr David Edwards i'r gadair —mab yr hyglod Roger Edwards—a gwnaeth ei waith yn deilwng o'i dad. Ni fuasai ar ei frawd o'r Bala gywilydd ohono.

Testun y ddarlith oedd *Caniadau y Cymry*. Cymerodd y darlithydd ni yn frysiog dros holl gyfnodau barddoniaeth Gymreig, o'r adeg y dechreuodd beirdd gyfrif eu bysedd hyd at Ceiriog a Mynyddog, ac yn y diwedd, "cyfyngodd ei hun," fel y dywed y pregethwyr, i ganiadau telynegol y Cymry. Er mai darllen ei ddarlith, gan fwyaf, a wnâi y gŵr da, yr oedd yn un o'r pethau mwyaf difyr, doniol ac addysgiadol a glywsom erioed. Ofer a fyddai i mi geisio rhoi crynhoad o'r holl bethau da a gawsom gan y Proffeswr; yn hytrach, anogwn bob tref yng Nghymru i fynnu clywed y ddarlith. Gwna les i ben a chalon pob Cymro, a phâr iddo feddwl yn uwch am ganiadau ei wlad nag erioed. Yn ystod y ddarlith rhoddodd y llefarwr ergyd ysgafn i'r gynghanedd; ac wedi iddo eistedd i lawr, cododd Myrddin Thomas ar ei draed, a chyda medr anghyffredin, i amddiffyn yr hen gynghanedd fendigedig. Dywedai fod cynghanedd yn perthyn yn gynhenid i'r iaith Gymraeg. Adroddodd ei fod yn gwrando pregethwr un tro, yr hwn na wyddai ddim am gynghanedd, ac wrth ddisgrifio marwolaeth y Gwaredwr, ebe fe-

> "A Daw na adawa neb
> Oedd yno'n cuddio'i wyneb,"

gan gynganeddu yn arddderchog heb yn wybod iddo ef ei hun. Adroddwyd gan Myrddin yn ddilynol ddarnau cynganeddol campus, megis "Crist yn yr Ardd," gan

Caledfryn, a'r "Gof," gan Hiraethog, &c. Yna ychwanegodd ddarnau o'r un natur ag a gawsem eisoes gan y Proffeswr. Yr wyf yn bur sicr nad oedd neb ym mwynhau mwy ar Myrddin na'r Proffeswr ei hun. Yr oedd y cyfarfod erbyn hyn wedi mynd yn *holics*. Ond yr oedd ergyd y cyfarfod yn ei fôn. Diben y Proffeswr Llwyd yn dod i'r Wyddgrug oedd ceisio sefydlu cangen o'r gymdeithas ddarllen gartref Gymreig ar foncyff yr *Home Reading Union* Seisnig. A ydyw Cymry yn gyffredinol yn gwybod am y gymdeithas hon a'i manteision? Os oes awydd yn neb am wybodaeth helaethach am yr Undeb, anfoned at y Proffeswr Llwyd, a bydd ei ddyfodiad i blith ei gydgenedl mewn gwahanol fannau yn ddydd o lawen chwedl. Ni fu ei ymweliad â'r Wyddgrug yn ofer—disgwylir y bydd yno gymdeithas gref yn y man.

(1893)

Yn y Capel (*Nodion Ned Huws*)

Nid oes niwed i mi, am dro, wneud sylw neu ddau mewn ffordd grefyddol, yn enwedig mewn newyddiadur Cymraeg, naw o bob deg o'r darllenwyr, mi wn, ydynt gapelwyr. Ac os troseddaf, maddeuir i mi yn ddiau. Hwyrach ei fod yn arwydd da—gobeithio ei fod—yr wyf wedi cael, ac yn parhau i gael, mwy o fudd a gwir bleser yn y capel nag yn un man arall dan dywyniad haul. Pe buasai dyn wedi croniclo yr holl deimladau a brofodd, yr holl feddyliau aeth drwy ei galon, yr awgrymiadau a'r lled-awgrymiadau a ymrithiasant i'w feddwl yn y capel mewn darn oes, buasai yn cael, er pob difaterwch, na fu ei fyfyrion na segur na diffrwyth wedi'r cwbl. Mae y capel i ddyn, os bydd yn meddwl o gwbl, yn fath o fyfyrgell wythnosol. Ond fel y mae y myfyrion wedi dianc!

Yn wir, y mae "yn y capel" yn destun ag y gallai un ysgrifennu, ymron, yn ddi-ddiwedd arno, ac ysgrifennu, pe gwneid hynny heb chwerwder, er buddioldeb hefyd. Mae rhywbeth yn cael ei awgrymu i feddwl dyn yn barhaus yn y capel. Ond at un peth yn arbennig y dymunwn alw sylw yn yr ysgrif fach hon, sef rhediad cyffredin y weinidogaeth yn y dyddiau hyn. Mi a wn fod y testun yn un llednais, a'i fod yn cyffwrdd â'r dosbarth gorau, set y llafurwyr, ond ceisiaf beidio rhoddi tramgwydd i neb. Digon yw dweud i mi ers talwm fod yn perthyn i'r urdd ac nad ydwyf wedi colli mymryn o fy nghydymdeimlad â'r pregethwr. Ond pe cawn ail ddechrau ar y gwaith gogoneddus, yr wyf yn sicr nad yn yr un dull ag a arferwn y pregethwn yn awr.

Un peth nad all beidio taro meddwl ystyriol ydyw mor anfynych y gwelir neb ar ddiwedd oedfa yn ymofyn lle yn y tŷ ag arwyddion o argyhoeddiad arno. A ydyw pregethu yr

Efengyl erbyn hyn wedi troi allan yn fethiant? Mae y bobl yn mynd allan ar hyd y blynyddoedd yn berffaith dawel a di-gyffro, a'r modd y ceidw yr eglwysi eu nifer i fyny (dyma damaid i Esgob Llanelwy) ydyw drwy gymryd gofal o'r plant a phrysuro eu gwthio ymlaen i gynnig eu hunain am gyflawn aelodaeth. A pheidio sôn am y *forward movement* a phethau felly, y mae gweled un yn "aros ar ôl" fel ffrwyth y weinidogaeth gyffredin yn beth eithriadol iawn. Pa beth ydyw y rheswm am hyn? A ydyw y dosbarth amhroffesedig on cynulleidfaoedd wedi eu haddysgu mor dda fel y gallent fyw yn Gristionogol a chrefyddol heb ymaelodi? Prin y dywedent hwy eu hunain hynny. A fyrhaodd braich yr Arglwydd fel na allu achub? Prin y gwna y saint ddweud hynny. A ydyw y pregethwyr a'r eglwysi wedi peidio disgwyl i'r gwrandawyr gael eu hargyhoeddi? Mae arnaf ofn na fyddai yr ateb i r cwestiwn hwn lawn mor groyw. Yr wyf yn gwrando mewn capel na fydd byth yn y pedwar amser fwlch yn y pulpud—llenwir ef gan y mawr, y canolig, a'r bach. Mae y nifer lluosocaf o'r pregethau yn goeth gorffenedig, a pharod i'r wasg. Ond goddefer i mi ddweud yn onest na chlywais ers amser maith bregeth â'i hamcan pennaf i gyffroi a deffro yr anghredadyn. Yr wyf wedi sylwi yn fanwl ers chwe mis, ac yr oedd pob pregeth a wrandewais wedi ei pharatoi, ar gyfer yr eglwys—pregethau i 'gadw seiat' arnynt oeddynt. Bûm mewn cyfarfod pregethu y Groglith diwethaf, a phregethau i bobl y seiat oedd pob un o'r dechrau i'r diwedd. Dro yn ôl, crybwyllodd un pregethwr yn gwta am uffern a'r tân ddiwethaf, ond gwnaeth *apology* cyn gwneud drwy ddweud, "Dydw i ddim isio'ch dychryn chi, wrandawyr annwyl." Ddaru o ddim. Ac yr oedd arnaf ofn ar fy nghalon iddo ychwanega, "Dydw i ddim am fod yn euog o wneud yr hyn a wnaeth Paul efo Felix; na, mae hi yn ormod o'r dydd," ond ddaru o mo hynny chwaith. Gwrandewais ar un pregethwr ag M.A. wrth ei enw a oedd yn darllen ei bregeth bob gair drwy ei spectols, ac yn gwneud sŵn crio a hwyl ar ddiwedd pob paragraff, yr hyn oedd yn fwy *unreal* ac annaturiol na phe buasai yn gweddïo â'i lygaid yn agored. Frawd, yn onest rŵan, mae calon lygredig dyn yn tremio drwy ryw ragrith fel yna.

Gyda hiraeth, mi a welaf Henry Rees, yn y flwyddyn 1864, yn sefyll yng nghanol y pulpud a dwy aber o chwys yn rhedeg i lawr ei gernau glân a phrydferth—yn edrych o'i gwmpas, a thragwyddoldeb yn fyw yn ei lygaid tanbaid—

"Bechadur annwyl!" ebai efe, "wyt ti'n meddwl mai er mwyn y cyflog y dois i yma? Os felly, gwae fi! Wyt ti'n meddwl mai i dy *entertainio*—i dy ddifyrru di y dois i yma? Mae tragwyddoldeb yn rhy agos i ryw waith felly! Na, dŵad yma ddaru mi, Duw â ŵyr, i dreio dy berswadio di i gredu yng Nghrist, a mi elli, yn y sêt, rŵan, yn dy lygredigaeth, yn dy fudreddi, drwy gredu yn y Ceidwad, roi mwy o ogoniant i Dduw nag a fedraset ti bytase ti 'rioed heb bechu!"

Mae yn bosibl i syniad uchel am urddas y pulpud or-estyn ei hun mewn coethder a llyfnu a chaboli y genadwri nes ei gwneud yn ddi-fin a chwbl anaddas i waedu a deffroi y gydwybod gysglyd, a pheri iddi ddisgyn ar glyboedd y gwrandawyr fel tôn gron; os ydwyf yn camgymeryd, gorau oll; ond yr wyf yn ofni fod y weinidogaeth gyffredin wedi cerdded ymhell yn y cyfeiriad hwn eisoes. Pa mor anfynych y ceir oedfeuon pryd y teimla y gwrandawyr dibroffes anhawster i fynd allan? Na, ysywaeth, gall droi ei gefn yn ddigyffro gan fwmian canu y gân olaf a glywodd, ac erbyn bore Llun bydd wedi anghofio testun y bregeth.

(1894)

Wil Smith

Bod rhyfedd oedd Wil Smith—bochgoch a hunan-hyderus. Byddai ei obeithion a'i ragolygon yn ddisglair iawn yn gyffredin. Negesa i'r cigyddion oedd ei waith, ac ar hirddydd haf, a'r tywydd yn hyfryd, byddai yn gallu fforddio cilwenu a chwerthin am ben Mike Geraghty a minnau. Ond pan ddeuai yn aeaf arno, ac eisiau cario y fasged yn y tywyllwch, byddai Wil yn rhagrithio gwneud yn fawr ohonof i a Mike er mwyn cael ein cwmni a'n help i gario'r fasged a'r cig i'r plasau. Oherwydd fod Mike blwc cryfach, ac yn fwy tueddol i daflu ei gylchau na fi, gwyddwn, neu o leiaf amheuwn, y rhoddai Mike ei delerau ei hun i Wil Smith, yn enwedig ar nosweithiau tywyll, a gwelais Mike fwy nag unwaith wedi stiffio a phwdu, ac ni symudai gam ond yn ôl ei fympwy ei hun. Ar yr adegau hynny, byddai Wil Smith yn hynod o wên deg efo mi, a phan awn gydag ef, fel yr oeddwn wiriona, trwy y tywyllwch tua'r plas, ac yn enwedig pan fyddwn yn cario'r fasged, dywedai Wil yn fynych,

"Marcia di y cawn ni fara a chig yn yr *hall*, neu rywbeth gwell," a byddwn innau yn ysgwyddo ati er mwyn y bara a chig. Ond erbyn cyrraedd y plas, dywedai Wil,

"Yr hen Farged ene dderbyniodd y fasged. Bydase Mary Jane ene, mi fasen yn siŵr o fod wedi cael bara a chig, ond marcia di y cawn ni beth y tro nesa."

Ac felly y triniwyd fi lawer gwaith nes i mi o'r diwedd ddiflasu. Wedi fy siomi amryw weithiau, gwneis *stand* na helpiwn Wil Smith byth mwy i gario'r fasged heb ddealltwriaeth perffaith beth oeddwn i'w gael am fy ngwasanaeth. Gwnaeth hynny ddaioni i Wil ac i minnau.

(1894)

Potes Carreg

[Y sgrifennwyd hyn ar ôl i Miss Ellis, Cyn-las, y pryd hynny, fod yn areithio yn Ffestiniog ac yn ymosod ar yfwyr te]

Wel, Miss Ellis bach, fy hen ffrind, yr ydych wedi rhoi eich troed ynddi yn enbydus—yn waeth na chicio nyth cacwn. Mae Mrs. Partington a minnau yn cydymdeimlo yn fawr â chwi, achos ein profiad chwerw ni ein dau ydyw mai anaml y byddwn yn agor ein safn heb roi ein troed ynddi. Un o'r pethau a achlysurodd fwyaf o brofedigaeth i mi ym more fy oes oedd cymryd yn ganiataol y dylaswn i fod yn glochydd am fod fy mrawd yn berson, a welsoch chwi erioed gynifer o weithiau y dywedais i, "Megis yr oedd yn y dechrau," pryd y dylaswn ddweud "Amen," a phan fyddwn yn gwneud y camgymeriadau hynny, fe fyddai fy mrawd yn troi llygaid arnaf fel llygaid tarw, ac fe fyddai yn rhoddi y fath gwrbits i mi ar ôl i'r gwasanaeth fynd drosodd nes byddwn i yn neidio. Mae Mrs Partington yn dweud—a hi a ŵyr—eich bod chwithau wedi cael blas y "chwip." Yn wir, fe ddyfynnodd yr hen wraig ran o'r *curtain lecture* a gawsoch. Wn i ddim oedd hi yn dyfynnu'n gywir ai peidio, ond dyma oedd y geiriau ges i ganddi fel dyfyniad cywir:

"Beth oedd dy feddwl di, dywed, yn deud ffasiwn beth, a hynny wrth y mhlwyfolion i fy hun? Os oeddat ti yn credu felly, doedd dim eisie i ti ddeud hynny. 'Drycha fel yr wyt ti wedi tynnu pobol yn 'y mhen i a tithe? Os ei di ymlaen fel ene dipyn bach eto mi fydd yn ddigon o achos i mi golli y fywoliaeth yma pan ddaw datgysylltiad. Mi wyddost fel y mae y gwragedd yn llywodraethu eu gwyr gartre cystal â minnau. A pha fusnes oedd gynnat ti ddeud sawl cwpaned o de a ddyle gwraig chwarelwr yfed yn y dydd? Dydyn nhw ddim eto cyn waethed â Doctor Johnson—yr oedd o yn yfed un gwpaned ar bymtheg ar ei bryd. A beth bynnag a wnaeth Doctor Johnson, fe all pawb arall ei wneud yn ddigon diogel—yn enwedig *dicsionari*. A pham oedd raid i ti roi dy fys ym mhotes y chwarelwrs? Rhwng pawb a'i botes ei hun. Does dim isio i *ti* fwyta'u potes nhw, a fedre tithau ddim disgwyl i neb fwyta dy botes di, serch fod gynnat ti *wyth bwys o gig* ynddo, heb sôn am y persli a'r llygaid defaid. A sôn am botes, be bydae ti'n gweld potes *colliers* Sir Fflint, sydd mor ddall â Bartimeus, heb yr un llygad ganddo! Ond wyt ti'n meddwl y gwnâi Mrs Herbert Lewis ddeud rhywbeth amdano heblaw ei ganmol? Dim peryg—mae hi'n rhy gall er mwyn ei gŵr. Ond y mae ganddi hithe'i ffad, fel sy gynnoch chi i gyd. Mi wyddost 'y mod i bob amser yn deud na ddyle merched ddim spowtio yn gyhoeddus, ac yr ydw i yn fwy argyhoeddedig o hynny rŵan nag erioed. Os cewch chi, y merched, dipyn bach chwaneg o raff i spowtio mi fyddwch wedi tynnu pawb trwy y gwrych, a fydd abal i neb a byw. Mae merched Sir Fflint yn deud na ddyle'r *colliers* yfed cwrw, a merched Sir Fôn yn deud na ddylid gwerthu llaeth ar y Sul, dyma tithe'n deud rŵan na ddyle chwarelwrs Sir Feirionnydd yfed te. Os cewch chi, y merched, eich ffordd eich hun, mi awn ni, y Cymry, cyn syched â'r un Sentar a welaist erioed. Mi feddyliwn mai eich mil blynyddoedd chi, y merched, a fyddai gweled y dynion druain ym mynd yn yrroedd fel gwartheg i'r afon i lenwi eu cylla â dŵr oer! Ond mi wranta i, pe gwelech chi hynny, y byddech chi am eich *technical education* a'ch *cooking classes*; glywes di am y dyn hwnnw 'naeth botes carreg? Naddo? Wel, gwranda. Mi a'th cardotyn ers talwm at ddrws tŷ parchus a mi ofynnodd i wraig y tŷ,

"Welwch chi'n dda, ga i ferwi'r garreg yma?" a thynnodd garreg lân o'i boced.

"Berwi'r garreg," ebe'r wraig, "i be y gnewch chi hynny?"

"I wneud pryd o botes," ebe'r cardotyn.

"Sut y gnewch chi bryd o'r garreg?" ebe'r wraig.

"Mi ddanghosa i chi," ebe yntau.

Fe gafodd y cardotyn sospon a chwart o ddŵr glân ynddo, a phan ferwodd y dŵr mi roth y dyn y garreg ynddo, ac ebe fe,

"Oes gynoch chi ddim ffashiwn beth â thipyn o bupur a halen?"

"Oes, neno diar," ebe'r wraig.

"A badase gynoch chi wnionyn mi fase'n well," ebe'r dyn.

"Oes," ebe'r wraig, a mae yma ddigon o bersli hefyd, os leiciwch chi."

"Thanciw," ebe'r cardotyn.

Cafodd y garreg ferwi plwc wedyn, ac ebe'r dyn yn y man, "Synnwn i ddim mewn tŷ fel hwn, nad oes yma dipyn o biff neu asgwrn heb orffen ei hel?"

"Oes, ddyn glân," ebe y wraig, "a mae i chi groeso o'r ddau."

Dydw i ddim yn cofio faint o bethau eraill a gafodd y dyn i helpio y garreg i neud potes. Wedi tynnu y garreg allan a thywallt y potes i'r fowlen, ebe'r dyn, "Wel, does dim ond un peth yrŵan yn fyr, sef tipyn o fara."

"Pam na fasech chwi wedi deud yn gynt?" ebe'r wraig. "Mae i chi groeso o dafell o fara."

Pan welodd y wraig y cardotyn yn smacio ei wefusau, ac yn ymddangos yn mwynhau y potes, ebe hi,

"Ga i brofi eich potes chi, ŵr da?"

"Cewch, neno'r annwyl, â chroeso," ebe yntau.

Wedi iddi ei brofi, ebe hi mewn syndod mawr, "Wel, dawn i byth! Feddylies i 'rioed y base'n bosib gwneud potes mor dda o garreg, a digon o gerrig yn ein hymyl ni hefyd!"

"Does dim byd haws *ond cael rhywbeth i'w helpio*," ebe'r dyn. Yr oedd y wraig wirion yn wyllt am fynd i areithio hyd y wlad i ddysgu ei chymdogion sut i wneud potes carreg; a mi fase wedi mynd hefyd oni bai fod ganddi ŵr go gall, yr hwn a gydiodd yn ei wig hi, gan ordro iddi aros gartre! Wyt ti'n gweld y wers? Ond da chdi, cymer ofal y tro nesa.

(1894)

Barddoniaeth

Mynwent yr Wyddgrug

Fy anadl dynnaf ataf—byddaf ddwys,
Na foed i'm dyrfu dim, na rhoddi pwys
Fy nhroed yn drwm ar oer weddillion rhai
Sy'n huno'n dêr dan do o oerllyd glai.
Ah! Wilson, ai fan hyn mae'th isel fedd?
Diaddurnedig yw, a hagr ei wedd;
Heb ôl celfyddyd mewn cywrainwaith cain,
Yn codi colofn it o'r mynor glain.
Ai am nad ydwyt deilwng o'r fath fri,
Y darfu'th genedl ymddwyn atat ti
Fel hyn? O! Na, yr wyt yn deilwng iawn
O bob rhyw fri a pharch, a chofiant llawn.
Fy ngwlad! Fy ngwlad! Pa fodd y gwnaethost hyn
Ag un o'th feibion enwog? Rwyf yn syn!
Yn dy wladgarwch nac ymffrostia mwy,
Rhag peri gofid i'm, ac agor clwy'.
Fy mron wrth gofio'th Wilson sydd yn awr,
Er dy dragwyddol warth, mor wael ei wawr:
Ond er pob amharch gefaist, Wilson gu,
Yr wyt yn ddistaw yn dy feddrod du;
Un gair anhawddgar chwaith ni roddi im';
Ond perffaith ddistaw wyt heb rwgnach dim:
Yn iach it, Wilson, hun mewn tawel hedd,
Ac wrth i'm fynd, rhof ddeigryn ar dy fedd.

*(1856; cerdd gyhoeddedig gyntaf Daniel Owen. Wilson
oedd Richard Wilson; gweler* Atgofion am Glan Alun)

Y Nos

Draw ymhell yn y gorllewin,
Gorwedd wnaeth yr huan mawr,
Ar obennydd esmwyth disglair,
Rhoes ei ben mewn cwsg i lawr;
Euraidd lenni o gymylau
Sy' o gylch ei wely cun,
Megis yn amddiffyn iddo
Tra mwynha ei hyfryd hun.

A'r llafurwr tua chartref,
Ar ei ysgwydd rhydd y rhaw;
Rhed y bachgen i'w gyfarfod,
Ac ymafla yn ei law;
Wedi dod i'r tŷ ac eistedd,
Dechreua'r bychan ddweud yn brudd
Am y cam a gafodd gynau
Gan ei chwaer, yn nghorff y dydd.

Cwsg sy'n dod yn araf ddistaw,
Lleda'i esgyll dros bob man;
Cau y llygaid mae'n ddirgelaidd,
Heb yn wybod idd y gwan.
Caiff ddistawrwydd y frenhiniaeth
Am ychydig bach o dro;
Megis mam i'w phlentyn gysgu
Cân y rhaeadr gwyllt i'r fro.

Lled y fronfraith ei hadenydd,
Dros ei chywion rhag pob cam.
Rhydd y baban glwysion fochau,
Lawr ei ben ar fron ei fam,
Mae rhyw lwfrdra trwy'r holl goedwig—
Tristwch welir yn ei gwedd;
Yn lle'r miwsig per-ddeniadol
Mae tawelwch fel y bedd.

Distaw ydyw pib y bugail,
Brefa'r wyn ar war a bryn;
Hwy flinasant ag ymbrancio,
Gorwedd maent mewn barrug gwyn.
Ust! Oer leddf-dôn yr ysguthan
Glywir 'nawr yn dweud "y nhw";
Dacw hithau y ddylluan,
Gyda'i byrdwn "Tw hw hw."

Nid oes llewyrch o oleuni
Nawr i'w weled yn un lle;
Cilio wnaeth goleuni natur,
Diffodd wnaeth canhwyllau'r dre,
Megis cyn i Dduw ddweud "Bydded"
Wrth yr heulwen fry uwchben,
Felly y mae yn bresennol—
T'wllwch sy'n gordoi y nen.

Dacw'r lleuad yn ymddangos!
Croeso it' frenhines dlos;
Mae'n hwyluso rhodfa Gwilym,
Pan fo gyda Gwen y nos;
Taena weithiau dros ei hwyneb
Gwmwl du; tywylla'r fro,
Fel pe byddai'n rhoi cyfleustra
I roi cusan ambell dro.

Y mae'r nef i gyd yn olau!
Heuliau fyrdd a welir nawr,
Yn tryfritho'r wybren lachar,
Rhai yn fach a rhai yn fawr;
Rhai mor agos at ei gilydd,
Fel pe yn ymgomio'n 'nghyd!
Eraill yn ysmicio'n siriol,
Ac yn chwerthin braidd o hyd.

Nid oes gennyf ddim i'w ddywedyd,
Ond fel dywedodd Dafydd gynt;
Pan edrychaf ar dy nefoedd,
Gwaith dy fysedd di oll ynt;
Beth yw dyn i ti i'w gofio?
Arglwydd mawr, O, dywed im?
A mab y dyn i ti ymweled
Ag ef? O! Nid ydyw ddim.

Cwsg sy'n pwyso ar f'amrantau,
Rhaid im' roddi'r pin o'm llaw,
Mae fy llygad wedi pallu,
Wrth im' edrych yma 'thraw.
Rhof fy mhen i lawr i gysgu,
Dan obeithio y caf hun;
Duw Iôr gwylia wrth fy ngwely,
Tra bwyf yma'n cysgu'n gun.

(1856)

Y Troseddwr
(Efelychiad)

Distawrwydd sydd o fewn y bruddaidd gell,
A dwl yw'r golau sydd yn dod i mewn
Trwy'r ffenestr gul. O fewn i hon mae un
Yn eistedd yn ddifrifol iawn ei wedd,
Ymddengys fel yn adfyfyrio ar
Ei anfad oes, yr hon a dreuliodd mewn
Drygioni a mwydradau erchyll iawn:
Ei wyneb cul arddengys ofid dwys,
Ac angau dremia yn ei farwol wedd;
Mae dagrau yn ei lygaid treiddgar, dwfn,
Ond eto i wylo y mae yn rhy ddewr.
Euogrwydd, ofn, a braw yn gymysg sydd
I'w ganfod yn ei ddychrynedig drem:
Ei chwantau drwg, a'i uchelfrydedd cas
Adawsant eu du nodau ar eu hôl;
Ond pan yn nghanol y cynhyrfion hyn
Daw ymddangosiad o deimladau gwell,
Ond nid i bara'n hir, fe'u cuddir oll
Fel cuddir sêr gan gymyl duon nos.
Rhyw ddyfnswn prudd gynyrfa'r ddistaw gell
Ac yntau gwyd mewn cyffro ar ei draed,
Fel pe y sŵn a disgynasai ar
Ei ysbryd, fel rhyw awdurdodol lais
O dragwyddoldeb, ac yn fuan iawn
Hysbysir ef nad yw i fyw yn hir,
Fod dydd ei ddienyddiad wedi dod;
Ei waed a saif! ac yna rhed drachefn
Yn fil cyflymach nag a wnaeth erioed,
Gan godi gwrid angerddol ar ei rudd,
Ond cilio mae drachefn, a'i adael yn
Fwy gwelw, ac fwy marwol nag o'r blaen,
Y drws agorwyd; a'r cadwyni wnaed

Yn rhydd odiam aelodau'r truan gwael:
Arweinient ef i'r ddienyddle; ei
Gerddediad oedd yn gadarn, ond ei rudd
Oedd berffaith welw; a phan ddaeth i'r fan
Ymblygodd, a gweddïodd yno'n ddwys.
Distawrwydd oedd o'i gylch; ei lygaid oedd
Ynghaead; a'r byd hwn a'i olygfeydd
Orffennodd, ac ymagor iddo wnâi
Maith dragwyddoldeb.

(*1856*)

Disgyniad y Niagra
(Cyfieithiad o gerdd gan John Brainard)

Dieithrol yw'r meddyliau dyrrant ar
Fy 'menydd pan edrychwyf arnat ti,
O raeadr gwyllt! Rwyt fel pe baet yn cael
Dy dywallt o anfeidrol law dy Dduw,
Ac wedi crogi'n fwa anferth dros
Dy erch dalwyneb; ac yn siarad yn
Ei sŵnfawr lais oedd fel sŵn "llawer o
Ddyfroedd" i'r hwn fu'n Patmos gynt, gan roi
Gorchymyn i dy fawr ryferthus lif
Groniclo oesoedd fu, a thorri yn
Eu creigiau oesol ei ganrifoedd Ef.
Dyfnder a eilw ar ddyfnder o hyd!
A beth y'm ni sy'n clywed dy grochlais?
Pa beth yw'r holl floeddiadau roed erioed
Yn utgyrn rhyfel wrth dy daranau di?
Pa beth yw'r trwst all truan ddyn ei wneud
Mewn tymor byr wrth dy ddiddiwedd dwrf?
Ac eto'r bablwr balch, pa beth wyt ti
A'th dwrw wrtho Ef, yr hwn, â'i air
A foddodd fyd, gan godi ei ddyfroedd gwyllt
Dros y mynyddoedd uchaf? Dim ond ton,
Sy'n sibrwd gallu y Creawdwr mawr.

(1857)

Y Môr

O Fôr ofnadwy! cartref yr ystorm!
Tad y cymylau! gwely'r ffyrnig wynt!
Gwaedlestr natur! ffynnon iechyd byd!
Drych y Crëawdwr! cysgod y Bôd Mawr!
O! y fath ofnadwyaeth leinw'm bron
Wrth edrych ar dy wyneb llydan di.
Gorweddi ar dy gefn fel anferth gawr,
Gan ddyfal dremio tua'r bydoedd fry,
Fel pe yn disgwyl iddynt ddisgyn oll
Fel ffrwythau addfed i dy erchyll safn!
Ac yna, megis wedi colli'th bwyll,
Cyffröa'th fâr a rhuthri ar y graig,
Gan ei llym frathu yn ddiarbed—a
Chan ffrom ddigofaint fel un drwg ei hwyl
Gan ysbryd aflan—casgl ewyn gwyn
Gylch dy wefusau mawr! Agori'th safn
Fel pe am lyncu'r greadigaeth ar
Un traflwnc mawr! Mae r byd a'i bethau oll
Fel pe yn hongian wrth dy drugaredd di:
Ac oni buasai i'th Grëawdwr roi
Ffrwyn yn dy ben, a'i dal â'i law ei hun,
Ti a'i llyncasit ef o gof ers talm,
Heb adael carreg lwyd i nodi 'i fedd
Yn mynwent ebargofiant! Mae dy drem
Yn creu rhyw arswyd yn fy enaid prudd;
Ymgolli'r wyf wrth synio am dy faint.
Yn ofer byth y traidd fy llygaid draw
Mewn ymgais am dy derfyn——nid wyf nes:
Ymgolla pellter mewn pellteroedd mwy,
Nes y meddyliwyf weithiau mai tydi
Yw'r did arianaidd sydd yn cydio ynghyd
Y byd tragwyddol â'r amserol fyd.
Dychmygaf glywed ocheneidiau trwm

Y truenusion sydd mewn ingol wae
Yn curo'n erch ar wraidd y creigiau draw,
Nes ydwyf yn llesmeirio! a chan ofn
Yn dewis cilio'n ôl a'th adael mwy,
I ymfalchïo yn dy nerth, a'th rwysg!
O fôr ofnadwy!

(1859)

Marwolaeth fy Nghyfaill

Llinellau ar farwolaeth Mr. Meredith Jones, yn y ddamwain alaethus yn masnachdy Mr. Lewis, Great George Street, Lerpwl, Ion. 11eg, 1859.

Collasom Meredith—ond gwyddom lle mae,
Dihangodd o gyrraedd pob galar;
Fe yfodd i'r gwaelod y cwpan o wae
Wrth ganu yn iach i'r hen ddaear.

Y ddaear a'i hoffai, a'r nef yn ddiffael
A'i mynnai i'w chôl yn dragwyddol;
A phan oedd y ddwyblaid yn dynn am ei gael,
O ochr y nef troes y fantol.

Ni chafodd un rhybudd cyn iddo roi llam,
Na chyfarch ei dad tyner galon,
Na throchi ei edyn yn nagrau ei fam
Cyn 'hedeg i gwmni angylion.

Nid ydoedd raid iddo wrth gystudd na phoen
I'w wneuthur yn gymwys i'r nefoedd;
Y llwybr a gerddai oedd llwybr yr Oen—
Hyn ydoedd prif nod ei flynyddoedd.

Er darfod i ddamwain gymeryd ein ffrind,
Fe hunodd yn nghanol y pentwr;
A chyn i'w gyfeillion braidd wybod ei fynd,
Dihunodd ar fynwes ei Brynwr.

Pan gliriwyd y garnedd oddi arno i gyd—
Pan gafwyd y ffordd i fynd ato,
Parhâi ei oriawr i dipio o hyd,
Er pallu o'i galon a churo.

Ond gwawria y bore pan gyfyd heb glwy'
Yn heinif o fynwent Llanferes,
Pan na fydd un oriawr nag eisiau'r un mwy,
Fe gura ei galon yn gynnes.

Bu'r athrist ddigwyddiad fel brathiad gan gledd
I galon ei hoff berthynasau,
A medrai'i gyfeillion ei olchi o'i fed
A ffrydlit hiraethus eu dagrau.

Ond hyn oedd ewyllys ddiwyro ein Rhi,
A than ei ddoeth drefn ymostyngwn;
Ni ddychwel efe yn ôl atom ni,
Ond ni ato ef a ddychwelwn.

(*1859*)

Y Bibl

(Cyfieithiad o gerdd gan Robert Pollock)

A glywaist ti erioed
Am y fath lyfr? Ei awdur ydyw Duw!
Ei bwnc yw, Duw a dyn—Iachawdwr a
Phechadur—iachawdwriaeth—bythol gosb!
Ofnadwy eiriau! na ddadlennir eu
Hystyron gan y tragwyddoldeb maith.
O lyfr rhyfeddol! Cannwyll y Bod mawr!
Claer seren tragwyddoldeb! heb yr hon
Nis gallai dyn fordwyo'n deg ei gwch.
Ar gefnfor bywyd i'r ddymunol wlad
Yn ddiogel. Hi yw'r unig seren sydd
Yn taflu golau pur y nefoedd ar
Gythryblus donnau mawrion amser, gan
Gyfeirio llygaid y pechadur llesg
I fythol wyrddion fryniau'r Ganaan fry!
          O Fibl cu! mae argraff Ddwyfol ar
Dy holl linellau—dy ddalennau sydd
Yn wlithog gan ddefnynnau cariad Duw!
Tydi yw'r lamp ddysgleirwen gipiwyd gan
Drugaredd oddi ar orsedd Duw a'r Oen,
Gan ddal dy lewyrch pur ar gyfer nos
Bygdduol* amser; a thaer gymell trwy
Ymbiliau, dagrau, ac och'neidiau trwm,
Ar i bechadur ffoi i'r noddfa rhag
Digofaint Duw. Gwrandawodd miloedd ar
Yr hyfryd lais; ac yno maent yn awr
Mewn llon ieuenctid bythol!

(1860)

---

* *Pygdduol:* tywyll iawn.

Y Seren Fore

Y seren fore—brydferth em!
Mae'th lachar wedd a'th hawddgar drem,
    Fel angel Duw yn rhoddi tro
Hyd uchel gant y nefoedd fawr,
Gan ddyfal syllu tua'r llawr,
    I edrych aeth rhyw fyd ar ffo!

Neu fel agoriad cil y drws,
I ddangos yr arluniau tlws
    Sy'n britho muriau'r nefoedd wiw:
I godi hiraeth ar y prudd
Gredadyn am yr hyfryd ddydd
    Y caiff fynd yno byth i fyw.

Neu fel offeiriad mewn gwen glog,
A myrdd o fydoedd wrthi'n nghrog,
    Yn mynd i deml natur dlos;
Ac yno wrth ei hallor fawr,
Yn uno'n hardd yr wylaidd wawr
    Mewn glân briodas gyda'r nos!

Diderfyn a dihysbydd 'stôr,
Doethineb yr Anfeidrol Iôr,
    A dynnwyd allan ynot ti,—
I'th wneud yn gysgod o'r Hwn roes
Oleuni'r nef i lawer oes,
    Gan fod yn dranc i bob rhyw gri.

O flaen goleuni'r hwn y ffy
Tywyllwch erchyll pechod du,
    Na byddo sôn amdano mwy;
A bywyd o'i oleuni dardd—
Anfarwol fywyd—ac a chwardd
    I dragwyddoldeb yn ddiglwy'!

Y seren fore, wyt yn hardd!
Dy geinder swyna lygad bardd—
    Ymorfoledda yn dy wawr;
Ond cyll dy geinder di i gyd
Ei swyn yn ymyl tegwch bryd
    "Y Seren Fore eglur" fawr!

(*1861*)

Thomas Hughes, yr Wyddgrug

Yn ofer y bu ein hoch'neidiau cyhyd
    Yn curo wrth ddrysau y nefoedd;
Pe clywsai hwynt, tybed, o'r anfarwol fyd,
    Oni ddaethai yn ôl o'r lle'r ydoedd?

Yn ofer fu'n dagrrau—ni a welwn yn awr,
    Yn dadlau â cheidwad y gweryd;
Ochenaid i fyny a deigryn i lawr.
    Fethasant yn llwyr ei ddychwelyd!

Mor ieuanc, mor dduwiol, mor lawned o sêl,
    Mor gryf, mor alluog, mor weithgar!
O resyn! fod angau'n lladrata y mêl
    O gwch eglwys Dduw ar y ddaear!

Bu farw yn union 'r un fath a bu fyw,
    Yn agos—yn ymyl y nefoedd,
    Heb ddychryn, heb wylltio, wrth edrych ar
    Dduw, Ond canmol ei gariad yr ydoedd.

A'i enaid yn awr sydd yn "fflasio" mewn bri
    Yn nghanol gogoniant claer gwynfa;
Ond O! mor hunangar a chul ydym ni;
    Gwell gennym a fuasai 'i fod yma.

Bu farw! Agorwyd a chaewyd ei fedd,
    Agorwyd ein calon heb arbed;
Ond hiraeth a chwithdod sy'n dal tanllyd gledd
    I gadw hon fyth yn agored!

(1864)

Glan Alun

Glan Alun, fy nghyfaill, ni wyddwn dy fod
A'th afael mor dynn yn fy nghalon
Nes clywed fod angau yn wir wedi dod
A'th osod ymhlith y marwolion.

Ac O! na adewsit dy awen a'th ddawn
O dy ôl i anadlu d'alargan,
'D oes arall all draethu fy hiraeth yn llawn
Ond tafod dy awen dy hunan.

Ni chefaist hir ddyddiau, ond cefaist dy ran
O helbul a dygn orthrymder
Erioed ni chyfodaist dy hunan i'r lan,
Ond i suddo yn ddyfnach i'r dyfnder.

O'r diwedd, ti suddaist i eigion y bedd,
Lle nad elli suddo yn ddyfnach
A'th enaid esgynnodd i wlad yr hedd,
Ac esgyn a wna byth nwyach.

Ond byth ni'th anghofir, tra Cymru, tra cân,
Tra parheir i ymdwymo wrth danau
Ymdwyma y galon wrth yr eirias dân
Sydd yn llenwi dy felys ganiadau.

Ond chwith ydyw meddwl na'th welwn byth mwy
Yn synnu y dorf â'th huawdledd;
Gan yrru pob trallod, a gofid, a chlwy'
I gerdded o flaen dy arabedd.

Wrth roddi dy gorff mewn amwisg o bren,
Arabedd am unwaith fu'n brudd
Ar gaead dy arch gorffwysodd ei phen,
A rhedodd ei dagrau yn rhydd.

Ar ôl rhoi dy gorff yn y fynwent oer,
A dychwelyd o bawb yn eu holau,
Athrylith yn ddistaw wrth olau'r lloer
Gysegrodd dy fedd â'i dagrau.

Y Duw fu yn dŵr ac yn noddwr i ti
A noddo dy fychain anwylgu,
A chaffent well hynt yn y byd na thydi,
A chystal calonnau i'w garu.

(*1866*)

Offrymiad Isaac

Pan oedd y byd mewn encil dwfn diobaith,
Ar grwydr yn eithafoedd pechod diffaith,
A phob cymundeb megis wedi darfod
Rhwng nef a daear—O anffodus gyfnod!—
A du ddieithrwch yn gorbruddo'r cyfwng,—
Yr amser hwnnw yr oedd Abram deilwng,
Yn dal cymdeithas gyda'r nefoedd beunydd,
Mewn pêr gyfrinach gyda'i fwyn Grëawdydd.
Y Cadarn Iôr o'i fawredd ymostyngai,
A'i ogoneddus gysegr a adawai,
Er mwyn ymweled gydag Abrarm annwyl,
Fel pe blinasai ar gwmnïaeth engyl,
A mwy dewisol ydoedd ganddo drigo
Ym mhabell Abram nag oedd aros yno!
A chydag ef cydgyfammodi wnelai,—
Bendithion helaeth iddo a addawai,
Gan roddi iddo'r allwedd euraidd nefol
I agor cloeon rhydlyd y dyfodol.
Fel hyn y treuliai'r patriarch pur ei ddyddiau
Yng nghwmni Duw—a Duw'n ei gwmni yntau.
Fy mwyn ddychymyg, rho dy glust yn ddistaw
Wrth ddrws ei babell—tra mae pawb yn hunaw
Ond ef ei hunan—yno gwrando'n esgud
Y duwiol ŵr yn adrodd ei feddylfryd.

"Jehofah mawr! Ymwelaist lawer gwaith
A mi, fel gŵr â'i gyfaill ffyddlon; do,
Fe wnaeth dy addewidion grasol di
I'm henaid lamu mewn gorhoian fil
O weithiau. Ffyddlon hefyd fuost ti
I'th addewidion. Pan addewaist fab

I mi, fy nghalon gredodd—ac ni fu
Fy ffydd yn ofer. Wele Isaac hoff
A gefais; ac mae'n gwbl wrth fy modd.
Fy Isaac! O fy Isaac! Onid yw
Yn ddarlun pur o'r Hwn a'i rhoddodd im'!
Mae'm serch tuag ato yn goddeithio 'mron!
Pa ryfedd hyn, fy Arglwydd? Onid hwn
Yw mab fy henaint! Sylwedd mawr fy holl
Obeithion am flynyddau maith! Yn hwn
Mae tynged mawr y byd yn troi yn gwbl,—
Oblegid d'wedaist mai ohono ef
Y deuai'r Hwn a ddwg y byd i drefn,
Ac a adfera'n ôl ei gyflwr fel
Paradwys wen. Mae'r ystyriaethau hyn
Yn suddo i 'stafelloedd dyfna'm serch,
Nes wy'n ei garu'n fwy na mi fy hun,
A phopeth arall—ond dy Hunan mawr!
Ac weithian 'rwyf yn hen o ddyddiau; fy
Mhrofedigaethau aethant trosodd oll;
Mi ymorffwysaf mewn tawelwch mwy
Hyd ddiwedd f'oes—yn unig ceisiaf hyn,
Mwy o ddatguddiad o'r dyfodol, fel
Y gallaf weled sut y bydd i'r Hwn
A ddaw o Isaac ddwyn tangnefedd ar
Y ddaear; yna byddaf ddedwydd nes
Y deuaf atat i orffwyso byth,
Ac i weld popeth megis ag y maent."

Fel hyn y duwiol wr orffennai siarad,
Ac ar ei wêdd y safai dwys ddysgwyliad
Am rywbeth anarferol yn ganlyniad;
Pryd deuai sŵn claer fentyll Duw i'w babell,
Rhyw annaearol sŵn fel gwynt o hirbell;
Ac yntau fel archangel, pan yn teimlo
Fod Brenin y gogoniant yn mynd heibio,

A syrthiai'n ostyngedig ar ei wyneb
O gywir barch i'r Dwyfol bresenoldeb.
Ac wrth ei enw galwai Duw e'n ebrwydd;
Atebai yntau,—"Wele fi, fy Arglwydd."
A Duw lefarodd,—"Cymer di yr awrhon
Dy unig fab—dymuniad pur dy galon,
Dy Isaac hoff—a dôs i dir Morïah;
Ac yno yn boethoffrwm ef offryma,
Ar un o'r ban fynyddoedd a ddangoswyf
I ti'r pryd hynny, pan y'th gyfarfyddwyf."
Disgynnai'r geiriau gyda'r fath sydynrwydd
Ar deimlad Abram, fel pe arswydolrwydd
A ymgrynhoesai ynghyd ei holl egn'ion
I un pwynt llym, i erch drywanu'i galon;
A phe nas cynaliasai Duw e'n ebrwydd,
Yn sicr ei enaid aethai i wallgofrwydd:
Ac er i Dduw o'i ras roi nerth i'w ysbryd—
Ei enaid suddodd dan y lymdost ergyd.
A phan ddaeth ato'i hun, roedd haul y borau
A'i freichiau hirbraff yn cofleidio'r bryniau,
Ac fel cariadfab mwyn, ei goch wefusau
A blannai mewn cusanau ar eu bochau.
Ac Abram gododd, fel o ganol breuddwyd;
Ei wedd a wisgai bryder dwys ac arswyd;
Fel un yn nacau credu ei synhwyrau,
Neu'n methu sylweddoli'r digwyddiadau.
Mynegai'r chwys oedd yn ddefnynnau mawrion
Yn cuddio'i aeliau gyni tôst ei galon.
Ond cyn mynd o'i ystafell, ymostyngodd
Yn ddifrif iawn, a'i enaid a ollyngodd
Mewn erfyniadau ar i Dduw ei helpio,
I fynd trwy'r gorchwyl a roddasari iddo.
Ac yna yn ddiaros fe ymlwybrodd
I 'stafell Isaac addfwyn, lle ei cafodd
Yn huno'n braf, a'r haul fel yn edmygu

Ei luniaidd gorff, trwy'r ffenestr arno'n gwenu.
Gorweddai ar ei gyhyd, gyda'i freichiau
Ymhleth ar draws ei chwyddog lydain fronnau;
A phob anadliad yn rheolaidd ddeuai,
A'i fynwes bob yn ail a hwy ddyrchafai,
A'i wallt melynnog a modrwyog drwsiad
Fel cawod drom o aur oddeutu i' ddwyiad;
Ac ar ei wedd chwaraeai gwenau filoedd,
Fel un a fai'n breuddwydio am y nefoedd.
Ni fuasai 'rioed yn nhyb ei dad mor hawddgar,
A syrthiodd ar ei fynwes yn gariadgar;
Cofleidiodd a chusanodd ef yn odiaeth,
Nes deffro Isaac fwyn mewn synedigaeth.
Ac yna fe'i cyfarchodd yn serchiadol,—
"Paham deffröaist fi mor anamserol,
Fy nhad? A minnau ar edyn pêr freuddwydion
Yng nghanol mwyn gerddoriaeth yr angylion!"
I'r hyn atebai'r henŵr iddo'n dawel,
"Mwy yw lleferydd Duw na miwsig angel;
Gorchymyn gefais oddi wrth Dduw ar inni
Ein dau fyn'd i Morïah i addoli.
Gan hynny, fy anwylfab, cwyd yn ebrwydd,—
Prysurwn i gyflawni arch yr Arglwydd."
Nid rhaid i'r patriarch ydoedd dywedyd rhagor
Wrth un a ymroddasai o egwyddor
I ufuddhau i Dduw, a byw yn unig
I ogoneddu'r Duwdod bendigedig,
Fel argymhelliad i ufudd-dod perffaith—
I Isaac roedd addoli yn hyfrydwaith.
Ond ar y pryd nid oedd ond cyfran fechan
O'r gwaith yn hysbys iddo ef ei hunan.

Y ddau yn dra gwahanol eu teimladau,
Yn ddiymaros wnaent holl angenrheidiau
Y daith yn barod. Isaac geisiai yr ymborth,

A phob peth arall ag a fyddai'n gymorth
I wneud y daith yn ddiddan a chysurus;
Tra Abram ffyddlawn, gyda bron drallodus,
A drefnai y defnyddiau i aberthu.
Ac O! Pa fynwes sydd nad yw yn gwaedu,
Ac nad yw'n teimlo rhyw ofnadwy iasau,
Wrth geisio cyfranogi o'i deimladau!
Pan holltai'r coed, a phan y cyrchai'r gyllell,
Ac yntau'n sicr nad oedd yr awr yn nepell
Pan y gorfyddid ef i'r gwaith arswydus
O erch drywanu gyda'r gyllell awchus
Ei Isaac hoff, a'i losgi ef yn ulw
Yn fflamau'r tân! O deimlad chwerw, chwerw!
Ah! Brathai'r fwyall lem y cringoed gŵyrgam,
Ond brathai'n ddyfnach, gwn, yn nghaion Abram;
A hithau'r gyllell awchus hir a welaf,
Yn suddo'n glir i'w fynwes ef yn gyntaf!

Ond er mor boenus oedd y gorchwyl iddo,
Aeth trwyddo yn hyderus heb betruso;
Gorchmynodd Duw, a rhaid oedd ei gyflawni,—
A chîg a gwaed nid gwiw oedd ymgynghori.
Ac wedi iddo ef gyfrwyo 'i asyn,
A galw o blith ei weision ato ddeuddyn
Dewisol ganddo, a'u hysbysu'n dirion
Fod arno eisio eu gwasanaeth ffyddlon
I fyned gydag ef i daith dra hirbell,
Dychwelodd at ei fab yn ôl i'r babell.

Ac erbyn hyn roedd Sarah wedi codi,
A'i hwyneb llon yn gwasgar pur oleuni
I ymguddfëydd helbulon blin a galar;
Yr oedd am dymer lawen yn ddigymar;
Pan fyddai prudd-der yn gordôi pob wyneb,
Pelydrai wyneb Sarah gan sirioldeb;

Ac nid oedd yn llai llawen ei thymherau
Y bore hwn, ond fod yr amgylchiadau
Yn peri iddi fod yn fwy chwilfrydol;
Hi synnai wrth eu gweled mor blygeiniol
Yn gwneud y fath baratoadau hynod,
A hynny iddi hi yn ddiarwybod!
Byrlymai ei holiadau yn ddiddiwedd,
Yn nghylch yr hyn oedd iddi hi mor ryfedd.
Ni ddwedai Abram ond cyn lleied allai—
Osgöai ei gofynion, a gadawai
I Isaac hoff ei hateb, canys ofnai
Ymddiried yn ei dafod, rhag y buasai
Yn ei fradychu ac yn gollwng allan
Y mawr ddirgelwch, a dinistrio'i amcan.
Ond rhaid oedd iddynt foddio ei chywreinrwydd;
Ac wedi rhoddi iddi lwyr fodlonrwydd,
Rhaid ydoedd cânu'n iach â Sarah druan.
Ond Abram heb ddweud gair a lithrodd allan,
Oblegid roedd ei enaid wedi suddo
'N rhy ddwfn i beiriant ei ymadrodd blymio
I lawr hyd ato i wybod ei gyfyngder;
Safai yn fud uwchben y pruddaidd ddyfnder!
Ni allai'i lygaid, chwaith, fod yno'n dystion,
Yn edrych ar ei fab, a'i briod ffyddlon,
Yn ysgwyd llaw, a rhoi y gusan ola'
Am byth! Am byth! Rhy drom oedd yr olygfa!
Am hynny fe gychwynnodd ar ei asyn,
A threiglai dros ei ddwyrudd loyw ddeigryn!
(Y llygaid yn wastadol ŷnt ffyddlonnaf
Am anfon inni'r newydd diweddaraf
O lys y galon—canys pan mae'r tafod,
Oherwydd ei anallu mawr yn gwrthod
Trosglwyddo un meddylddrych o'i theimladau,
Fe rydd y llygaid inni ffrwd o ddagrau
Mwy mynegianuns filwaith nag yw geiriau.)

Ei weision yn synedig arno graffent
Yn sychu ei lygaid llaitb, ond ni ddywedent
Ddim ar y pryd—yn unig rhoi edrychiad
Naill ar y llall, a gwedd o gydymdeimlad.
Fel hyn y tri gychwynnent mewn distawrwydd,
Y gweision deithient o'r tu ôl i'w harglwydd;
Yn ôl am Isaac rhoddent aml edrychiad
Mewn hir ddisgwyliad am ei ymddangosiad.
'Mhen ennyd gwelent ef yn dod o hirbell,
A Sarah'n edrych arno yn nrws y babell;
Ni fu yn hir cyn iddo'u goddiweddu;
A chan ei fod yn hoff o gymdeithasu,
Ac awydd yn ei fynwes am gael gwybod
Y modd y cawsai'i dad yr alwad hynod,
Aeth heibio'r gweision ato yn awyddus,
Mewn gobaith y cai'r hanes ganddo'n drefnus,—
Oblegid hyd yn hyn ni adroddasai
Ei dad yr hanes fel y digwyddasai;
A pharai hyn yn Isaac fawr ddisgwyliad
Am gyfle i gael ganddo yr adroddiad.
Ond ca'dd ei siomi'n ddirfawr yn ei amcan;
Fe droes pob cais i'w gael ef i ymddiddan
Yn fethiant llwyr,—ysgöai bob gofyniad
O'i eiddo, a dangosai fawr ddymuniad
Am gael llonyddwch gyda'i fyfyrdodau,
Yr hyn a barodd glwy' i ddisgwyliadau
Ei fab, a throdd yn ôl yn drist ei galon,
I dynnu rhyw ymddiddan gyda'r gweision.

Ond pwy a fedr ddilyn, a darlunio,
Y cýni enaid yr oedd Abram ynddo
Yn awr roedd pwysfawrogrwydd ei anturiaeth
Fel môr anorchfygadwy dilywodraeth,
Yn dechrau rhuthro arno yn ddi-attal,
Nes methu braidd o'i ysbryd ag ymgynnal;

Ymrithiai lluoedd o ddadleuon cryfion
I'w feddwl, fod gorchymyn Duw yn greulon
Ac afresymol. Satan o'i gell dywyll
Oedd yno'n brysur, gyda'i baent a'i wrychell
Uffernol, yn eu lliwio gryfed allai;
Holl ymadferthoedd traws ei ddawn arferai
I geisio dangos iddo fod yr alwad
Yn afresymol ac yn groes i deimlad.
Cyfeiriai at ei reswm yn rhagrithiol,—
Ai oni wyddai ef, oedd ddyn crefyddol,
Mai hanfod y Jehofah ydoedd *cariad*?
A phrif ogoniant grasol ei gymeriad
Oedd amldra ei ddaioni i blant dynion;
Ac nad oedd Duw un amser yn anghyson
Ag ef ei hun; pe buasai'n gyfnewidiol,
Syrthiasai byd ers talm i anhrefn hollol.
Gan hynny onid oedd yn afresymol
Dychmygu fod i'r Hwn oedd mor ragorol
Am ei diriondeb, erchi mwrdro'n greulon
Un o'i greaduriaid mwyaf hoff, a ffyddlon?
Nid hynny'n unig, ychwanegai'r gelyn,
Oedd gynwysedig yn yr erch orchymyn,—
Rhaid oedd i'w *dad ei hun* gyflawni'r weithred,
Yr hyn oedd frwnt tu hwnt i bob amgyffred.
Ai cyson ydoedd hyn â rheswm dynol,
I'r Hwn a blannodd y fath serch angerddol
Mewn tad tuag at ei blentyn, erchi gwneuthur
Peth o anghenraid oedd mor groes i'r natur
A grëodd ef ei hun? Ynfydrwydd eglur!
Y cyfryw oedd y geiriau a awgrymai
Y bradwr hŷf i feddwl Abram. Gwyddai
Nad gwiw oedd iddo wneud ei ymddangosiad
Ar ffurf gorfforol, na chai ddim croesawiad
Os deuai y ffordd honno; ond ymroddodd
Yr un mor weithgar yn y ffordd gymerodd.

A dyna lle yr oedd yn dyfal wylio
A oedd ei eiriau'n cael rhyw effaith arno.
Canfyddai'n ebrwydd nad oedd wedi llwyddo
I greu un math o anufudd-dod ynddo;
Ond ymddangosai'n ddewr a phenderfynol,—
Ac eto yr oedd yn bruddaidd a difrifol,—
Ond dwedai gydag ysbryd ymostyngol—
"Ymddengys hyn yn groes i reswm dynol;
Ond pwy wyf fi i alw Duw i gyfri'!
Yr Hwn sydd yn anfeidrol mewn daioni,
Ac anamgyffredadwy mewn doethineb!
Os yw'n bresennol fel yn cuddio'i wyneb
Am dro oddi wrthyf, dichon fod y cyfan
Yn foddion cwblhad daionus amcan.
Fy rhwymau i yw ufuddhau a thewi,
A gadael iddo ef ei hun gysoni."
Roedd Satan ddrwg ei hun yn gorfod synnu
Wrth weld ei ffydd a'i hyder; ond serch hynny
Ni pheidiodd ag ymosod arno wedyn,
A than ei dafod trigai marwol wenwyn!
Gofynnai gyda malais melltigedig,—
A wybu ef i'r Duwdod bendigedig
Erioed fod yn gelwyddog? A addawsai
Ef unrhyw beth ryw dro na chyflawnasai,
Neu na chyflawnai yn ei amser priod?
Na, roedd yr holl gre'digaeth yn cydnabod
Fod Duw yn un â'i air. Wel, oni wnaethai
Gyfamod gydag ef ers talm, y caffai
Tylwythau'r ddaear oll fendithion mawrion
Trwy Isaac? Sut y byddai Duw yn gyson
A'i air yn hyn, os ydoedd yn bwriadu
Difetha'r Isaac hwn, a llwyr ddiddymu
Yr hen addewid? Ni feddyliasai'r Arglwydd
Yn sicr iddo wneud y fath ynfydrwydd;
Diamau nad oedd Duw ond eisiau profi

Ei grefydd ef, a ydoedd yn rhagori
Ar eiddo y paganiaid tywyll, creulon,
Y rhai ymhoffent mewn aberthu dynion.
A chan y rhai y byddai'n wawd yn fuan,
Os byddai iddo ladd ei fab ei hunan,—
Gan iddo fod mor selog gynt yn erbyn
Y gyfryw weithred front, ac yna wedyn,
Wneud yr un gwaith â hwy drachefn ei hunan,
Yn sicr efe a fyddai eu gwawd a'u gogan!
A wedi'r cyfan, 'r oedd yn bosibl iddo
Fod wedi twyllo'i hun yn fawr, a choelio
I Dduw ymddangos iddo, pan nad ydoedd,
Fe allai, ond anhwyldeb ar alluoedd
Y meddwl, neu fod ar y corff ryw ddiffyg;
I hynny roddi mantais i'w ddychymyg
Ei dwyllo, canys rhuthrai hi i rysedd
Pan fyddai rheswm wedi colli'r orsedd.
Neu fe allasai gael ei dwyllo'n hollol,
Drwy ryw gyfrwysgall hud o eiddo'r diafol,
Yr hwn bob amser oedd yn llawn ystrywiau,
I lithio y duwiolion i bechodau!
Fe fydd y diafol yn condemnio'i hunan,
Pan dybia hynny yn rhyw les i'w amcan.
A thybiodd y pryd hynny y gwnâi lwyddo,
Trwy roddi'r ddadl yma yn ddiweddglo.

Ond nid oedd un ysgogiad yn arwyddo,
Fod ffydd y patriarch dewr yn dechrau ildio.
A Satan wrth ei weld mor anorchfygol,
Ymsaethodd yn ei ôl i'w gell uffernol,
A'i lygaid yn melltennu'r fath ffyrnigrwydd,
Nes cilio o'r gwynt yn ôl mewn arswydolrwydd
I agor llwybr iddo fyned heibio,
Rhag i'w frwmstaidd wreichion poeth ei ddeifio.
Gwell oedd gan Satan fynd i uffern eirias,

A thrigo yn nghanol llu o'i ddeiliaid gwelwlas,
Nag ychwanegu ei ymosodiadau
Ar un oedd gymaint trech na'i holl ystrywiau.
Ond wedi iddo hollol drechu Satan,
Roedd ganddo frwydr fwy ag ef ei hunan
I'w hymladd. Roedd ei galon yn taranu
Ei hapeliadau, nes roedd bron a gwasgu
Ei enaid allan, i chwilio am atebion,
I gael llonyddwch gan ei llym ofynion!
Yr oedd ei ymysgaroedd wedi deffro;
A chydag awch a llymder yn apelio,—
Pa fodd y gallai ei dafod roi hysbysiad
I Isaac annwyl, o'i arswydus fwriad,
A Sarah? Sut y meiddiai ei hwynebu
'N ôl cochi ei ddwylo yn ngwaed ei mab anwylgu
A mil a mwy o ofyniadau tebyg,
Na all beiddgarwch crebwyll a dychymyg
Ar bapur gwael eu cyfiawn bortreadu,—
Rhy gysegredig ŷnt i'w hysgrifennu.
Ond fel y deuai'r cyfwng yn agosach,
Ei hyder yntau âi yn gryfach, gryfach,
Yn Nuw ei iachawdwriaeth. Penderfynai
Gyflawni y gorchymyn, doed a ddelai.

Dan boeth belydrau'r heulwen y teithiasant
Am ddeuddydd blin; a'r nos ni chymerasant
Ond rhyw ychydig oriau i ddadebru
O'u lludded mawr, a chael ychydig gysgu.
Ond yr oedd un a'i enaid yn rhy effro,
I oddef i'w amrantau fynd i huno;
Ond treuliai'r oriau ar ei wyneb hawddgar
Mewn ymdrech enaid gyda Duw'n afaelgar;
Oblegid teimlai fod yr awr yn agos,—
A thybiai weled trwy gysgodau'r cyfnos
Fynyddau ban Morïah yn ymsaethu

O'i flaen, fel barau trwchus yn cysylltu
Y nef â'r ddaear, oll fel pe yn gwaeddi,
"Nid ai di gam ymhellach nes cyflawni
Gorchymyn Duw." A chyn i'r wawr ymdorri,
Deffrodd ei fab, a'i weision, gan eu cymell
I gychwyn eilwaith—nad oedd y lle yn nepell
Y cyrchent iddo, ac y caent orffwystra
Hyd ddigon wedi cyrraedd tir Morïah.
Cychwynnent, a dechreuai Isaac siarad
Yn llawn o awen, fel y byddai'n wastad:—

"O mor adlonnol yw effeithiau cwsg!
Ni all'sai ond rhagluniaeth ddwyfol wneud
Y fath ddarpariaeth ddoeth ar gyfer dyn
Blinedig. Mae yr ychydig oriau ges,
I orffwys yn ei freichiau, wedi rhoi
Rhyw fywyd adnewyddol yn fy nghorff
A'm henaid! Mae fy llygaid fel pe baent
Yn gorawyddu am gael gweld yn awr
'R'olygfa ogoneddus—codiad haul!
A thybiwyf nad yw'r adeg honno i'w
Anrhydedd wneyd ei ymddangosiad gwych
Ymhell, oblegid rwy'n arogli'n awr
Awelon pêr y bore iach, y rhai
A enfyn ef i sisial gair yng nghlust
Y blodau sydd ynghwsg ei fod yn dod.
Ac onid yw'r cysgodion duon fel
Ellyllon hyll yn dianc, bob ac un,
Dros y terfyngylch rhag ei wyneb glain!
A'r dwyrain fel yn chwerthin am eu pen,
Nes yw ei gwaed yn codi oll i'w grudd!
A! Dacw fo! Fel pe bai wedi bod
Yn llwyr ysbeilio tragwyddoldeb o'i
Ogoniant! Mae yn dod yn uwch, yn uwch,
Gan wasgar ei oludoedd af y byd.

A gwelwch y mynyddau cribog hyn
Sydd yn ein hymyl,—onid ŷnt yn wych
Odidog dan ei lewyrch tanbaid ef!
A! Beth yw'r olwg ogoneddus sydd
Ar ben y mynydd acw? Rwyf yn sicr
Na welais i erioed y cyfryw beth!
Mae fel—mae fel"—
        "Yn araf deg, fy mab,"—
Atebai Abram iddo—"na fydd rhy
Ryfygus i ddisgrifio yr Hwn sydd
Annisgrifiadwy; nid yw Ef fel neb
Na dim, ond fel ei Hunan mawr, fy mab,—
Can's nid yw'r hyn a weli amgen na
Y Dwyfol bresenoldeb! Dacw'r lle
Y rhaid i ni ein dau addoli Duw.
Arhoswch chwi, fy ngweision ffyddlon, gyd
A'r asyn yma, tra'r esgynna'r llanc
A minnau i addoli; yna yn ôl
Dychwelwn atoch. Rhowch yn awr y coed
Ar gefn y llanc, a dygaf finnau'r tân
A'r gyllell yn fy llaw fy hun."
        Ar ol
I'r gweision ufuddhau i'w air, y ddau
Gychwynnent mewn distawrwydd tua'r fan.
Yr oedd gwahaniaeth dirfawr yn eu gwedd;
Edrychai'r tad yn welw ac fel pe
Yr ymgollasai mewn myfyrdod prudd,—
Ac eto yr oedd rhywbeth yn ei drem
Yn dangos penderfyniad di-droi'n ôl.
Ond roedd sirioldeb addoliadol yn
Ngwynebpryd teg y mab, a'i wedd yn dweud
Fod ganddo feddwl bywiog, llon, a chraff,—
A dwedai yn feddylgar yn y man,
"Fy nhad, mae gennym dân a choed, ond mae
Oen y poeth offrwm?" Fe atebai'r tad,

Mewn hunan-feddiant—"Duw a edrych am
Oen y poeth offrwm iddo ei hun, fy mab."
Fe swniai hyn yn rhyfedd iddo braidd,
Ond ni ofynnai ragor ar y pryd.
Ond yn y man gofynnai ef drachefn,—
"Paham, fy nhad, yr wyt mor brudd dy wedd?
Ai câs yw gennyt ti addoli Duw,
Yr Hwn fu wrthym ni erioed mor dda?
O'm rhan fy hun yr wyf yn teimlo'n llon
Gael y ragorfraint o'i addoli Ef.
Ond mae dy agwedd brudd ar hyd y daith
Yn gwneud i'm calon, er fy ngwaethaf, fod
Yn dra phryderus beth a ddichon fod
Yr achos mawr; er mwyn y nefoedd dwêd."
"Pa fodd y d'wedaf wrthyt, O fy mab!
Fe waeda'm calon o fy mewn os gwnaf!—
Ac eto rhaid yw dweud. Fy Nuw! Fy Nuw!
Dy gymorth dyro i'm y fynyd hon!
Fy mab! Fy mab! Nid rhaid i'r dagrau hyn
Fyrlymu tros fy ngrudd i ddangos fod
Fy nghariad yn angerddol atat ti;
Ti wyddost hyn ers llawer dydd; ond rhaid
Yw caru Duw yn fwy na thi. Ond O!
Na allwn dy waredu yr awr hon!
Ond dwedaf it' orchymyn y Duw mawr:—
A mi un hwyr o fewn fy mhabell, fel
Y byddaf arfer, yn gweddïo Duw,
Daeth llef o'r nef yn dwedyd wrthyf, "Dos,
A chymer yr awr hon dy unig fab,
Yr hwn a hoffaist, ac offryma ef
Yn nhir Mor'—" Ond ni chafodd dd'wedyd mwy.
Llesmeiriodd Isaac yn ei freichiau'n farw!
Ond pan ddaeth ato'i hun, edrychai fel
Pe buasai wedi bod mewn arall fyd
Yn casglu nerth,—oblegid dwedai'n rhwydd—

" Yr wyf yn ymfodloni, O fy nhad!
Ni dd'wedaf air yn erbyn trefn fy Nuw.
Na chawswn unwaith eto weld fy mam,
Cyn imi ganu'n iach â'r ddaear byth!
Ond ofer yw pob dymuniadau'n awr.
O, rhwyma fi, fy nhad, na lwfwrhâ,
Cei weld fy serch tuag atat yn fy ngwaed,
A'th ddelw weli yn gerfiedig ar
Fy nghalon, pan agori'r fynwes hon!"
Roedd gan ei dad bob amser uchel dyb
Am duedd dduwiol ei gariadus fab;
Ond parodd yr ufudd-dod cyfiawn hwn,
I'w enaid synnu mewn edmygedd o'i
Egwyddor bur. Ni feddyliasai erioed
Y buasai 'n ufuddhau heb lawer o
Gymhellion taer, a dagrau fwy na mwy;
Ond gweld ei ymostyngiad parod a'i
Gorchfygodd ef yn llwyr, ac ofnai braidd
Os na phrysurai ef, y byddai raid
I Isaac ei argymell ef i'r gwaith,
A dangos mwy o ffydd nag ef yn Nuw.
Gan hynny fe wnaeth allor, ac a roes
Y coed yn drefnus arni; yna ei fab
Yn rhwym osododd ef ar ucha'r coed.

Ond pwy a all ddarlunio yr argyfwng!
Roedd pryder yno megis ar ei chythlwng;
Roedd uffern oll mewn ofn a dyfal wylio,
A'r engyl ar eu gliniau yn gobeithio:
Roedd llu o saint dros ael y nef yn plygu,
Mewn pryder mawr, yn methu prin anadlu;
Ac eraill a agorent byrth y nefoedd,
I dderbyn Isaac iddi â llawen-floedd!
Edrycher arnynt, ac nid yw yn syndod
Eu bod yn taro nefoedd â rhyfeddod.

Mae Isaac yn rhwymedig ac ymroddol,
Mewn dwys ddysgwyliad am yr ergyd farwol.
Gafaela Abram yn y gyllell awchus,
Gan edrych yn ei wyneb yn dosturus.
Edrychent trwy eu dagrau am ysbeidiad,
Naill ar y llall, a byd o gydymdeimlad
I'w weled yn eu llygaid!—yna metha
Y tad ymatal ddim yn hwy, a syrthia
Yn orchfygedig hollol ar ei wyneb,
Ac a'i cusana gyda'r angerddoldeb
Y medr un gusanu y tro ola'.
Ond nid yw'r nwyfiant yma i hir bara.
Mae'n ymwroli, a'r gyllell yn afaelgar
A gyfyd ef uwchben ei fachgen hawddgar;
A dengys grym ac ystum ei ysgogiad
Ei fod yn mynd i roi y marwol frathiad.
Ond, cyn ei fod yn rhoi yr ergyd hoywlam,
Mae Duw o'r nef yn gwaeddi—"Abram, Abram!
Atal yn awr dy law, na fydded iti
Niweidio'r llanc, cans gwn i ti fy ofni,
Gan iti ufuddhau, ac nad ateliaist
Dy unig fab, dy Isaac, 'r hwn a hoffaist."

Y gyllell siomedig a syrthiodd i'r llawr!
Ac Abram yn heini a neidiodd yn awr
Mewn hwyl orfoleddus; dyrchafodd ei lef,
Diolchodd, bendithiodd, nes adsain y nef!
Mor fawr oedd ei nwyfiant, a'i fynwes mor dwym,
Anghofiodd am funud fod Isaac yn rhwym!
Prysurodd i'w ollwng a'i gymryd i'w gôl—
Pan glywai gwynfanus brudd frefiad o'i ôl;
Edrychodd, a gwelodd hwrdd gerfydd ei gyrn
Yn rhwym mewn dyrysni; fe'i cyrchodd yn chwyrn
I'r allor oedd barod, yn offrwm fe'i rhoes;
A gwelodd yn hwnnw wan gysgod o'r groes—

Y DIFAI yn marw i'r brwnt ddod yn rhydd,
A dwfn lawenychodd pan welodd ei ddydd!

(1871; fodd bynnag honnir gan Robert Rhys fod y gerdd yn perthyn yn wreiddiol i gyfnod "Glaslwyn" (1856-66) ac wedi'i hailwampio ar gyfer ei chyhoeddiad diweddarach)

Adgof

Am y diweddar Mr. Hugh Jones, Argraffydd, Wyddgrug

Ar y mur ym mharlwr hiraeth
    Atgof hongiodd ddarlun byw,
O hen gyfaill â'n gadawodd
    I fynd adref at ei Dduw;
Y mae misoedd lawer bellach
    Er pan aeth i'r ardal bell,
Ond mae'r darlun wrth heneiddio
    Yn parhau i fynd yn well.

Darlun yw—nid ef ei hunan
    Ef ei hun ni welir mwy,
Ac nid yw ond ofer cwyno
    Am nad arosasai 'n hwy;
Nid oedd hinsawdd oer y ddaear
    Yn dygymod gydag ef
Aeth i wlad yr haf tragwyddol
    Ar gyfandir mawr y nef.

Nid rhyw lawer o ddylanwad
   Feddai'r ddaear arno ef,
Ond yr hyn oedd ynddi'n debyg
   I naturiaeth bur y nef
Seiat, Saboth, cyfarfod gweddi,
   Beibl, pregeth, Crist a Duw
Dyna'r pethau aent a'i feddwl
   Tra bu yn y byd yn byw.

Gwan ei gorff—ac nid rhyw lawer
   O dalentau ddaeth i'w ran
Ond 'roedd ef yn gryf a chadarn
   Lle 'roedd eraill braidd yn wan;
   Cryf ei obaith—cryf ei deimlad
   Cryf ei ffydd yn Nuw a dyn
Wrth gredu gormod yn yr olaf
   Câdd niwed lawer iddo 'i hun.

Diniweidrwydd (fel colomen
   Noah) grwydrodd lawer awr,
Nes y cafodd yn ein cyfaill
   Le i roi ei throed i lawr;
Ac mae eto, 'rôl ei golli,
   'N hofran uwch y diluw dig,
Heb un llecyn i orffwyso,
   Nac un ddeilen yn ei phig.

(1877)

Tiberias

TIBERIAS ymgynhyrfa drwyddo draw!
Y morwyr dewr lewygant oll gan fraw!
Eu tranc hylldremia arnynt o dan guwch
Y don fradwrus, gwyd yn uwch, ac uwch.
A'r tal fynyddoedd mawrfryd, pell, yn syn,
Edrychant ar gynddaredd ffrom y llyn.

O'r neilltu, cwsg Creawdwr mawr y byd;
Ymryson am y fraint o siglo'i grud
Wna'r gwyntoedd gwylltion; yntau, er mewn hun,
A'u dalia yn ei ddyrnau bob yr un!
Y morwyr ag un lef gyfodant gri
"Darfu amdanom! Arglwydd cadw ni!"
Sibryda "Ust!"—a'r gwyntoedd yn y fan,
Ddihangant am y cyntaf tua 'r lan,
I ogofeydd y creigiau gwyllt, lle trig
Ysbrydion anwar yr ystormydd dig!
A'r tal fynyddoedd mawrfryd, erbyn hyn,
Edmygant wyneb tawel, llyfn, y llyn.
Yr ENAID ymgynhyrfa drwyddo draw
Gan ddirfawr bwys sylweddau'r byd a ddaw
A wasgant arno! Dyheadau pur
Y galon effro:—yna ing a chur
Gobeithion wedi eu siomi. Prudd-der du
A dry y galon iddo'i hun yn dŷ,
I weithio ynddi hyll ddelweddau ofn,
A dychryn, arswyd, ac amheuaeth ddofn!
Y côr anfarwol chwyth ei udgorn cry'
Uwch mynwent y gorffennol;—cyfyd llu
O hen weithredoedd marw—eto'n fyw,
Edliwiant fyth i'r enaid ddigio Duw;
Cydgasglant deisi glo i gadw tân
CYDWYBOD euog fyth i losgi ymlaen!

DYCHYMYG afreolus lama'n hy'
I dynnu lluniau erch ar bared du
Y cudd ddyfodol, gan arlwyo gwledd
O uthr wallgofrwydd ar bentanau'r bedd!
Ystorm Tiberias! Beth yw honno i hon?—
Corwyntoedd bywyd yn anrheithio'r fron!
Ystorm yr ENAID! Ysbryd fflamllyd dyn
Yn boddi yn ei eigion mawr ei hun!
Yr engyl tal dros braff ganllaw'au'r nef,
Dosturiant wrth ei gyflwr enbyd ef.
Ai cysgu mae ein Meistr? Codwn gri,
"Darfu amdanom! Arglwydd, cadw ni!"

(*1880*)

Hiraethgan

Ar ôl y diweddar Barch. John Evans, Croesoswallt,
(Gynt o Garston.)

Nid dagrau benthyg, nid och'neidiau pryn,
    Offrymir ar dy fedd, fy nghyfaill cu;
Fy hiraeth heddiw yn ddigymell fyn
    Gysgodi'th lannerch fel yr ywen ddu,
Gaeadfrig, drist; mewn oerni, ac mewn gwres,
    Yr un yw hi; claer belydr haul y dydd,
Un wedd a'r lwydlas loer, ni thraidd yn nes
    I waelod tristwch dwfn ei chalon brudd.

Rwyt wedi mynd—neu fel y dwed y byd
  Rwyt wedi marw; ac ni wyddwn i
Cyn hynny pa mor dynn ymgenglai 'nghyd
  Hir wydnion wreiddiau'n cyfeillgarwch ni:
Ysgytiad aruthr gês! Ac angau glâs
  A chwarddai'n oeraidd wawdlyd am fy mhen;
Fel chwardd y ffyrnig storm ei chrechwen gras
  Ar rwygiad daear werdd pan syrth y pren.

Nid cartref, ond athrofa ydyw'r byd;
  Anfonwyd dithau yma gan dy Dad
I ddysgu meddwl, siarad, a rhoi 'nghyd
  Feddyliau Duw yng ngeiriau'r nefol wlad:
Y Bibl oedd dy lyfr; a'i wersi fu
  Yn fwyd a diod iti nos a dydd;
Dy lechen ydoedd calon Cymru gu,
  Dy bensil—iaith yr hen Frythoniaid rhydd!

 Dy gyd-efrydwyr yn yr Ysgol Fawr
  Yn llu edmygol o dy gylch a gaed,
Yn gwylio'th symudiadau bob yr awr,
  Tra gwers ar wers a ddysgit yn ddi-baid;
Eu serch oedd gynnes atat, a'u mwynhad
  Digymysg oedd d'anwylo yn eu côl;
Ond Och! Daeth gwŷs ar frys o dŷ dy Dad
  Yn galw amdanat adref yn dy ôl!

Ni chanaf alar—nad i ti, fy ffrind;
  I'r aflan, pwdr, llygredig, gwneler hyn:
A'r bydol ddyn truenus orfydd fynd
  A gadael ei bleserau yn y glyn,
Ni chanaf chwaith am wobr, pe hynny wnawn
  Cynhyrfai d'esgyrn yn dy dawel fedd!
Ni feiddiwn yn dy wyneb dremio'n llawn,
  Pan gwrddwn fry, heb g'wilydd ar fy ngwedd!

Fy odlau nyddir gan fy atgof prudd,
  Yn 'stafell wag fy nghalon, lanwet ti
A'th gyfeillgarwch didwyll yn dy ddydd
  Ond sydd yn awr yn wag ac oer i mi!
A'm cân gaiff fod yn gân o beraidd glod
  Yn gymysgedig gyda hiraeth dwys:
O glod—i'th fuchedd bur, a'th gywir nod:
  O hiraeth—am dy roddi dan y gŵys.

Gwir blentyn natur oeddit ti erioed:
  Ei hunan welai ynot fel mewn drych;
Arddelai ei pherthynas o dy droed
  Hyd at dy rudd, a'th wallt cudynnog, crych:
Hi oedd dy fam a'th famaeth trwy dy oes,
  A Rhodres falch, gymhengar, ni cha'dd ddod
A'i throed o fewn ei tho i ddysgu moes
  I'w bachgen, nac i osod arno 'i nod.

Dy gynysgaethau wnaeth â synnwyr cryf;
  A chalon dyner, eang, onest, lân;
A meddwl mawr, ymchwilgar, beiddgar, hŷf,
  Ac ysbryd anturiaethus llawn o dân:
Gwir anhepgorion y ddynoliaeth lawn,
  A dodrefn gloywon cyfeillgarwch pur
I'th ofal roes, a thithau'n brydferth iawn
  A'u cedwaist mewn ffyddlondeb fel y dur.

Rhagluniaeth ddoeth ofalodd wneud dy le
  Yn nghanol gwerin bobl isel fryd
Hen Gynwyd lonydd—pell o sŵn y dre,
  A themtasiynau gwychder, balchder, byd.
Ddihalog ardal! Natur yno sydd
  Mewn dwfn dawelwch yn mwynhau ei hun
Fel bardd breuddwydiol newydd dd'od yn rhydd
  O rwymau'r ddinas, ac o ddwndwr dyn!

Dy faboed dreuliaist yn y lannerch hon,
  Mewn diniweidrwydd anwybodol mwyn;
Heb bryder blin na gofal dan dy fron
  Yn lolian gyda'r aber glir a'r llwyn;
Y llwyn o hyd a dyfai'n nes i'r nef;
  A'r aber glir wrth fynd yn ei blaen
Ymledai, chwyddai hyd yn afon gref,
  Gan godi teyrnged drom ar ddôl a gwaun.

Ac felly tithau;—dyheadau brwd
  Dy fynwes ieuanc cryfach aent o hyd;
Ac yn eu llwybrau difent lwch a rhwd
  Adawyd gan segurwyr yn y byd:
Anniwall syched, ac angerddol aidd,
  Am wir wybodaeth, daniai'th fron ddi-frâd,
Pob anhawsterau losgit hyd eu gwraidd,
  Eu cur wrthodit—mynnit eu lleshad.

Efengyl ddiwair—harddaf ferch y nef
  A'th welodd ym mhrydferthwch teg dy foes
Yn chwilio'r gair a'i "ddyfnion bethau Ef,"
  Yn ddysgybl addolgar wrth y groes;
A'th garu wnaeth â chariad dwfn di-làn
  A lifrai'r nef a roes amdanat ti,
A'r byd a'th adnabyddai ym mhob man,
  Gan bwyntio atat fel ei ffafryn hi!

Yn ymwybodol o'th annrhaethol fraint,
  Ymdrwsit mewn cyfiawnder, gobaith, ffydd
Ddihalogedig brydferth wisg y saint
  Ni chyll ei chotwm yn yr olaf ddydd!
Dy uchel nôd oedd gwasanaethu Duw
  Drwy ymgeleddu pechaduriaid trist:
Yr hyn bregethit hynny a wnait fyw
  Holl ddigonolrwydd cariad Iesu Grist.

Ac fel dy Feistr—purdeb clir dy foes,
   Nid oedd wrthyrol gan fursendod llym:
Yn hytrach tynai fel y Ddwyfol Groes
   Bawb ato 'i hun ag anorchfygol rym!
A'r mwya'i fai dderbyniai fwyaf llês,
   Os unwaith deuai i dy gwmni di,
A theimlai wrth fyn'd adre' i fod yn nês
   At Dduw, at Grist, at farw Calfari,

Eisteddais wrth dy ochr lawer awr
   Ar fainc y Coleg, ddyddiau hapus gynt,
Pan oedd hoenusrwydd ysbryd yn rhoi gwawr.
   Ar ein breuddwydion—aethant gyda'r gwynt!
Pa le mae'r bechgyn oeddynt gylch y bwrdd?
   Rhai yma, a rhai acw,—rhai 'n y ne':
A gawn ni eto gyda'n gilydd gwrdd,
   Heb neb ar ôl—heb neb yn wag ei le?

Coll gwynfa ydoedd colli'r dyddiau pan
   Gydrodiem hyd ymylon Tegid hen,
Cyn i'w ramantus gysegredig lan
   Gael ei halogi'n hagr gan y trên!
Er byw yn fain, fel "hen geffylau Rice,"[*]
   Ein calon oedd yn hoew ac yn llon:
Pwy feddyliasai, dywed, ar ein llais,
   Mor weigion oedd ein pyrsau'r adeg hon!

———————————————

[*] Y diweddar Mr, Rice Edwards, Bala, yr hwn a arferai
logi ceffylau i'r myfyrwyr.

Ah, gyfaill hoff! ychydig wyddem ni
  Pryd hwnnw, pan agorid cil hen ddôr
Chwaraedy bywyd, beth oedd gan ein Rhi
  Lawr a'r ei Raglen inni mewn ystôr!
Mi wn i rywbeth am helbulon byd,
  A siomiant bywyd—geudeb, gwagedd dyn;
Ond gwyddost di beth ydyw mynd ar hyd
  Oer risau angau ar dy ben dy hun!

Na, nid dy hunan chwaith: roedd yno Un
  Ffyddlonach wrth dy ochr na dy wraig;
Cymerodd dy ofidiau arno'i hun,
  Gan osod dy gerddediad ar y graig:
Mewn bywyd, ac mewn iechyd d'arwain wnâi;
  A phan est di i d'wll'wch tew y glyn
O olwg dy gyfeillion, gwyddem mai
  Efe oedd dy arweinydd y pryd hyn.

Tri chwarter diwrnod gefaist yn y gwaith
  Ti "roddaist heibio" 'n gynnar y prynhawn:
Ond Llyfr y Cyfrif, mewn diamwys iaith,
  A ddengys wrth dy enw "ddiwrnod llawn"!
Difefl ymroddiad—ymegnïad llwyr—
  Nodweddai'th fywyd yma ar y llawr;
A'r Brenin alwodd arnat cyn yr hwyr—
  "Was da a ffyddlon, tyrd i'r swper mawr!"

Gwell gennyt oedd, mi wn, y gwaith na'r wledd,
  A dyna pam yr oedaist braidd yn hir
Heb ufuddhau—nid ofni'r glyn a'r bedd
  Ond awydd eilwaith gael pregethu'r gwir:
Ond llaw dy Feistr gododd gwr y llen,
  Er mwyn it weled cyfoeth llawn y bwrdd;
A'r foment honno syrthiodd yr holl gen
  Oddi ar dy lygaid—tithau est i ffwrdd!

Gadewaist ar dy ôl atgofion lu
  Yn amgueddfa calon llawer un,
A hir fyfyrir mewn anwyldeb cu,
  Nes eilwaith ceir dy weled di dy hun;
Dy goeth bregethau'n rhan ohonom sydd,
  Tra par'wn ni, hwythau barhânt ynghyd:
Symudol, bywiol, wirioneddau ffydd,
  Gerddant o gwmpas hefom yn y byd.

I mi, hyfrydol waith a melus dasg
  Ar hirnos gaeaf wrth fy nghannwyll gŵyr
Fydd darllen dy feddyliau yn y wasg,
  I dorri hiraeth hallt, hyd oriau hwyr:
A hyn a'th ddwg yn ôl o farw i fyw,
  Gan ddifa'r pellter dirfawr rhyngom sydd,
Ac anesmwythder bar i angau gwyw
  Gwna iddo feddwl am yr olaf ddydd!

Wel, gyfaill cu I dy ymadawiad sydd
  Yn rheswm ychwanegol i'm' ymroi
I wasanaethu crefydd yn fy nydd,
  A cheisio'r amddiffynfa heb ymdroi:
Oblegid onid af i mewn i'r nef
  Dy wyneb hawddgar byth ni welaf mwy;
Cans yno mae dy gartref gydag Ef
  Yr Hwn a'th guddiodd yn ei farwol glwy.

  (*1883*)

Canig

(Efelychiad o John Gay.)

E chwythai'r gwynt yn ffyrnig,
Dyrchafai tonau'r aig,
Tra geneth ledorweddai
Ar uchaf gopa'r graig:
Ei gwedd oedd wyllt a gwelw,
Fel calchen wen—a'i gwallt
A chwifiai yn y dymestl,
Uwchben yr eigion hallt.

"Aeth blwyddyn gyfan heibio,
A rhagor ddeng-nydd du;
Paham yr eist, f'anwylyd,
I'r moroedd creulon cry'?
Dystawa, paid â'th gynnwrf,
O fôr, gad hedd i'w fron;
Ah! Beth yw'th donnau mawrion
Wrth donnau'r fynwes hon.

"Brawycha y marsiandwr
Pan glyw y dymestl gref;
Ond colli fy anwylyd
Sydd fwy na'i golled ef:
Os lluchir di ar lannau
Yr aur a'r perlau pell,
Cei gyfoethocach geneth,
Ond neb a'th gâr yn well.

"Dywedant na wnaed unpeth
Yn ofer gan yr Iôr,—
I beth y gwnaed y creigiau,
Dan donnau mawr y môr?

Ni chenfydd neb y creigiau,
A llechant dan y lli',
Sy'n ddistryw i f'anwylyd,
A chwerw gri i mi?"

Fel hyn am ei hanwylyd
Cwynfanai' llwythog fron,
Pob chwa y rhoe ochenaid,
A deigryn am bob ton;
A phan gyfododd, gwelai
Ei gorff yn nofio i'r lan!
Ac megis lili—hithau
A drengodd yn y fan!

(1886)

Beth Sydd Orau

Ai arian, ai clod sydd orau—i ddyn?
  Wn i ddim; ond diau
Na bod yn ôl—mae'n olau—
Gwell i ddyn golli y ddau.

(1886)

Oriel

RHIF I.

Mor Gymreig yw'r hen wreigan—hapus, dew,
   Mewn pais stwff a bedgwan;
Llon ei hysbryd sieryd Siân
Werth Iesu—wrth wau hosan!

RHIF II.

Geneth o ffurf a gwyneb—hynod dlos,
   Ond tlawd o dduwioldeb:
Ah! Gresyn yw hyn fod heb
Huawdl swyn Duw—dlysineb!
RHIF III.

Nid mor dlawd! Na, ymerawdwr—ydyw
   Edward fel gweddïwr;
Oes undyn yn fwy marsiandwr?
Delia â Duw, er yn dlawd ŵr!

RHIF IV.

"Y set fawr sy'n fy siwtio fi—a gwn
   Am y gwaith 'Cyhoeddi';
A sut i 'Osod Seti,'
Weilch y fainc! Welwch chi V?"

RHIF V.

Ymagweddus ymguddio—a gâr hwn;
   Gŵr hoff yw o wrando;
Adwaenir y gair amdanom
"Doniol ŵr! Nid dyna'i le o!"

RHIF VI.

Rhian goeth heb yr un gŵr—yn darbod
    Erbyn daw'r pregethwr;
Claear agwedd clerigwr—sy'n bywhâu
Gyda'i moethau, ei seigiau, a'i siwgwr!

RHIF VII.

Ar y Sul mae yn or-selog—tỳn wèp
    Taena wae i'r euog;
Duw ŵyr am y dau eiriog—
Caru'r aur y ceir y rôg!

RHIF VIII.

Benyw a'i bryd ar ei *bonnet*—a'i gwallt,
    A'i *gown*, a'i *silk jacket*;
A'i chelf yw dal â melfet
Segur ŵr y *cigarette*!

RHIF IX.

Grwgnachwr, beiwr heb heda—adwaenir
    Fel "Croendenau," "Llym 'winedd."
Rwy'n addo pan ddaw ei ddiwedd
Yn ddaear, y beia'r bedd!

RHIF X.

Hwyliog! a mawr ei helynt—try bob ffordd,
    Trwy bob ffurf fel corwynt;
Poeth ac oer—pwytha gerrynt;
Ow! enwog geiliog y gwynt!

RHIF XI.

Ceidwad y ffydd! Pocedog,—tremia 'lawr,
   Trwm ei lais, och'neidiog;
Nid oes well ŵr fflangellog
A'i 'winedd o ddannedd ôg.

(1886)

Y Parch. Richard Owen, y Diwygiwr

Ah! Pa was teilwng o'r Apostolion!
Dyma "Olyniad" i'w deimlo'n union!
Arweinia feddwl yr anufuddion
Garw a difraw i guro dwyfron!
O hynaws awel! O enau Seion
Ceir Haleliwia!—ceir "hwyl" alawon!
Hyfrydlais yr afradlon—leinw'r wlad,
A sain adfywiad yw swyn oedfeuon.

(1886)

Ioan Jones

Llawer cyfrol a argraffodd
    Llawer "Gwaith" gan lawer un,
Ond ei olaf "Waith" oedd hwnnw
    Ystrydebu ef ei hun,
Ar galonnau ei berthnasau,
    A'i gyfeillion oll yn glau;
Am y gyfrol hon mae galw
    Mawr hyd heddiw yn parhau!

(1886)

Ioan Jones, Rhuthun

Wele gŵr yr alegori—sy'n fud!
    Sŵn ei fawl wnaeth dewi;
Ei laniad i oleuni—wnâi i'r engyl
Yn y gŵr annwyl hanner gwirioni.

(1886)

Satan

Yn ei gut pa sut mae Satan—yn byw
    Ac yn bod mewn brwnstan?
Mi ofynnais i'm fy hunan
Be dae'r diawl 'n rhoi'r byd ar dân!

(1886)

Ar Farwolaeth Dewi Havesp

Nid dy anglod, wir, ond d'englyn—gyfaill,
    Gofir uwch dy ddyffryn;
Er doe yr ydym bawb, ŵyr dyn!
A fory—heb yr un diferyn!

(*1886*)

Ar Farwolaeth y Parch. John Evans, Croesoswallt

Cywir was fu, ac er oes fer—gwyddai
    Am guddiad ei chryfder;
Uwch ei ben ysgrifenner—Cymraeg lân
Ni fu Ioan Ifan fyw yn ofer.

(*1886*)

Ymson Bore Nadolig, 1894

Dydd Nadolig, ger yr Wyddgrug,
        Rhodio wnawn yn drist a syn,
Natur wisgai fantell Ebrill,
        Ynlle clog o eira gwyn.
Trwm hiraethus ddrychfeddyliau
        Bwysent ar fy nghlwyfus fron,
Clywais lais yn dywedyd yn eglur—
        "Buan byddi wrth dy ffon;
Pa le mae dy hen gyfoedion
        Hawddgar, tirion, wedi mynd?
Prin y gelli alw heddiw
        Neb sydd iti yn hen ffrind!
Megis ddoe'r oedd iti lawer
        Alwet yn gyfeillion cun,
Heddiw'r ydwyt wedi d'adael,
        Bron yn hollol, i dy hun!
Ni ddaw un o'th hen gymdeithion
        Efot i'r "Cyfarfod Mawr;"
A pha les, pa fudd, pa bleser,
        Iti hebddynt sydd yn awr?
'N union deg y cludir dithau
        I'r oer fangre lle maent hwy—
Ni fydd neb a gofia'th enw
        Na dy hanes yn y plwy'.
Tor dy galon—sydd ar dorri—
        Dos i lawr y llwybr du;
Mwy yw nifer dy gymdeithion
        'R ochr draw nag yma sy'!"

Tawai'r llais, a lleisiau eraill—
        Lleisiau mwyaf fu erioed—
Glywn yn telori'n gerddgar
        Wrth Preswylfa'n mrig y coed;

Llais y deryn du a'r fronfraith,
    Brych y cae, a'r asgell fraith
Byngcient gerddi gwir farddoniaeth,
    Peraidd, dwyfol, oedd eu hiaith.
Sefais, synfyfyriais ennyd,
    Dwedais wrthynt—"Adar glân,
Y mae eto drimis cyfan
    Cyn y dylech seinio cân,
Dydd Nadolig ydyw heddiw,
    Ac nid Ebrill, cofiwch hyn—
Fe ddaw eto rew a barrug,
    Fe ddaw eto eira gwyn."

"O ynfytyn!" ebe'r fronfraith,
    "Ie'n wir," 'be'r asgell fraith,
"Onid canu ar Nadolig
    Ddylai fod ein pennaf waith?
Dyma'r dydd y rhoddwyd testun—
    Testun i dragwyddol gân,
Pryd y ganwyd nef Dywysog
    Pur o fru o Forwyn lân!
Pell yw Mawrth, a phell yw Ebrill,
    Pell yw cyfnod hirddydd haf,
Ond ein dyled ydyw canu
    Pan y caffom ddiwrnod braf."

Dysgais wers oddiwrth yr adar—
    Peidio trydar a thristáu—
Os daw heulwen yn y gaeaf
    Gwnawn ein gorau i'w mwynhau.

(1895)

Ar gael gan yr un awdur o www.melinbapur.cymru:

Daniel Owen
Straeon y Pentan

"Wyst di be," ebe Wil wrthyf un diwrnod,
"mi leiciwn farw yr un funud â'r hen Burgess yma."
"Pam hynny?" ebe fi.
"Am fod ganddo gymin' i'w aped amdano," ebe Wil,
"a thra y bydden nhw yn trin ei gês o mi fedrwn snecio i'r
nefoedd heb i neb sylwi."

Daniel Owen, heb os oedd nofelydd mwyaf adnabyddus y bedwaredd ganrif ar bymtheg. Profodd ei nofelau, gan gynnwys *Rhys Lewis* ac *Enoc Huws* yn fwy poblogaidd gyda beirniaid a'r cyhoedd na rhai unrhyw nofelydd Cymraeg cyn hynny. Codwyd cofgolofn iddo yn yr Wyddgrug, Sir y Fflint, y dref honno yr oedd mor hoff ohoni a lle bu fyw ar hyd ei oes.

Cyhoeddwyd Straeon y Pentan gyntaf yn 1895 a hon oedd cyfrol olaf yr awdur, eto, dyma un o'r casgliadau cyntaf o straeon byrion i gael ei gyhoeddi fel cyfrol bwrpasol yn yr iaith Gymraeg, os nad y cyntaf.

Straeon digrif, straeon rhamantus, straeon ysbryd, portreadau hoffus, a straeon am anifeiliaid: mae ystod y pedwar ar bymtheg o straeon yn eithriadol o eang ac yn dangos diddordeb yr awdur yn holl ystod cymeriadau ei gymdeithas a'i oes.

W. Llewelyn Williams
Gŵr y Dolau

Pe gwelsai bardd neu arlunydd hi ben bore yn rhedeg allan i'r clos â phadellaid o geirch yn ei llaw—a'r gwynt nwyfus yn chwarae â'i gwallt ac yn codi gwrid i'w hwyneb... a'i gweld yn bwydo â llaw dirion y fronrhuddyn a'r aderyn y to, ac yn ysgwyd ei ffedog yn wyneb rhyw hwyad daeog neu iâr reibus a'i gyrru ar ffo i'w lle eu hun: pe gwelsai bardd neu arlunydd hyn, meddaf, coronai hi ar unwaith yn Frenhines yr Adar. Ond nid oedd bardd neu arlunydd yn y Gelli, ac ni thynnodd sylw neb ond Leisa wrth fwydo'r ieir a'r adar. Ac ni ddywedodd Leisa ond hyn:
"Dir safio ni! Garw mor ffond o ffowls mae Miss Bowen."

Mae'r gantores ddiwylliedig Gladys Bowen yn dychwelyd o Lundain i aros gyda'i modryb yn Sir Gaerfyrddin. Yno mae'n cwrdd â chymeriadau rhyfedd a hoffus bro Llanelwid: Nat y Gof direidus, Leisa'r llaethwraig, Robin y prydydd hunan-bwysig a Mr. Rowlands y ciwrat chwithig. Ond gan un gŵr yn unig mae calon Miss Bowen...

Yn wleidydd, newyddiadurwr, cyfreithiwr a hanesydd, William Llewelyn Williams oedd un o nofelwyr Cymraeg mwyaf talentog ei gyfnod. Comedi cymdeithasol yw'r nofel hon ac mae'n fynegiant llawn o gariad yr awdur at ei wlad a'i fro enedigol.

Ar gael hefyd o www.melinbapur.cymru:

www.melinbapur.cymru

Dilynwch ni ar:

X (@melinbapur)
Facebook (@melinbapur